大家小书

闲谈写对联

白化文 著

北京出版集团公司
北京出版社

图书在版编目（CIP）数据

闲谈写对联 / 白化文著. — 北京 : 北京出版社，2017.8
(大家小书)
ISBN 978 - 7 - 200 - 12976 - 2

Ⅰ. ①闲… Ⅱ. ①白… Ⅲ. ①对联—基本知识—中国 Ⅳ. ①I207.6

中国版本图书馆 CIP 数据核字(2017)第 086733 号

总策划：安 东 高立志　　责任编辑：司徒剑萍 魏晋茹

·大家小书·

闲谈写对联

XIANTAN XIE DUILIAN

白化文 著

*

北京出版集团公司
北京出版社 出版
(北京北三环中路 6 号 邮政编码：100120)

网址：www.bph.com.cn

北京出版集团公司总发行

新华书店经销

北京华联印刷有限公司印刷

*

880 毫米×1230 毫米　32 开本　11 印张　181 千字

2017 年 8 月第 1 版　2018 年 5 月第 2 次印刷

ISBN 978 - 7 - 200 - 12976 - 2

定价：38.00 元

如有印装质量问题，由本社负责调换

质量监督电话：010 - 58572393

序　言

袁行霈

“大家小书”，是一个很俏皮的名称。此所谓“大家”，包括两方面的含义：一、书的作者是大家；二、书是写给大家看的，是大家的读物。所谓“小书”者，只是就其篇幅而言，篇幅显得小一些罢了。若论学术性则不但不轻，有些倒是相当重。其实，篇幅大小也是相对的，一部书十万字，在今天的印刷条件下，似乎算小书，若在老子、孔子的时代，又何尝就小呢？

编辑这套丛书，有一个用意就是节省读者的时间，让读者在较短的时间内获得较多的知识。在信息爆炸的时代，人们要学的东西太多了。补习，遂成为经常的需要。如果不善于补习，东抓一把，西抓一把，今天补这，明天补那，效果未必很好。如果把读书当成吃补药，还会失去读书时应有的那份从容和快乐。这套丛书每本的篇幅都小，读者即使细细地阅读慢慢地体味，也花不了多少时间，可以充分享受读书的乐趣。如果把它们当成补药来吃也行，剂量小，吃起来方便，消化起来也容易。

我们还有一个用意，就是想做一点文化积累的工作。把那些经过时间考验的、读者认同的著作，搜集到一起印刷出版，使之不至于泯没。有些书曾经畅销一时，但现在已经不容易得到；有些书当时或许没有引起很多人注意，但时间证明它们价值不菲。这两类书都需要挖掘出来，让它们重现光芒。科技类的图书偏重实用，一过时就不会有太多读者了，除了研究科技史的人还要用到之外。人文科学则不然，有许多书是常读常新的。然而，这套丛书也不都是旧书的重版，我们也想请一些著名的学者新写一些学术性和普及性兼备的小书，以满足读者日益增长的需求。

“大家小书”的开本不大，读者可以揣进衣兜里，随时随地掏出来读上几页。在路边等人的时候，在排队买戏票的时候，在车上、在公园里，都可以读。这样的读者多了，会为社会增添一些文化的色彩和学习的气氛，岂不是一件好事吗？

“大家小书”出版在即，出版社同志命我撰序说明原委。既然这套丛书标示书之小，序言当然也应以短小为宜。该说的都说了，就此搁笔吧。

导 言

程毅中

从1983年春节的第一届全国迎春征联活动以后，几乎沉寂了三十多年的对联写作得到了复苏重振的机遇。从此征联、评联的活动年年不断，有关对联的书也陆续出版。作为中国楹联学会顾问的白化文学长，参与了各次的评联工作，做出了积极贡献。他是一个有心人，不断在总结写对联和评对联的心得体会，在对联这块园地上辛勤耕耘，除了精心整理了《楹联丛话》之外，还陆续写出了不少有关对联学的论著。这本《闲谈写对联》就是他多年研究对联学的一项新成果。

本书是在十几年来评联活动的基础上产生的。作者既注重总结对联写作的实践经验，又注重在理论上探讨对联的格律及其发展。正如他在书中讨论联律问题时所说："过去的大部分作者都以创作为主，很少进行理论探讨。倒是新中国成立后，由于大家的理论水平和分析能力都大大提高了，特别是又赶上这二三十年来思想更趋解放，学术更趋繁荣，楹联界百花齐放百家争鸣的时期到来，联律的问题就提上了讨论研究的日程。”本书正是这样的学术环境下的产物。作者持续地专致地研究了联律和对联写作的若干理论性问题，做了比较系统的分析、综合，这就超过了前人那些联话笔记的水平了。

本书注重于指导对联写作的实践。作者讲解写对联的要领，详细讨论了平仄问题和对仗问题。特别在《学习与练习》一章里，除了建议初学者要了解一些术语、读一些启蒙的讲授对对子的书以外，还教给读者怎样找现成词语做对对子的练习，如人名对可以从著者目录、花名册、点名簿里找出一些可作对子的人名，还可以用地名、书名、戏剧名来作对子。这些都是作者的独得之秘，给初学者指点了入门的捷径。

本书还讲了对联的评选和传世名联的赏析，也都有作者的独到之处。

本书指导对联写作，既从积极方面讲了怎样提高水平，又从消极方面讲了要注意哪些避忌。作者在这方面尤有独特的敏感。书中许多地方都提到了写对联要避免语病忌讳，在《春联》《喜联》《寿联》《挽联》各章节里也都专门讲了撰写时“应注意之处”，在《喜联》一节里特别指出“玩笑不能开得太大”“别从旧联语中套用”“多男子”的祝愿等。作者考虑得面面俱到，特别是一再强调要讲究“联德”，这是本书的一大特色。

书中最后设立了《征联与评联》一章，举出许多实例，对多次征联活动的经验教训做了一次初步的总结。作者以参与者的身份，谈了自己的心得体会，把评联的选录标准和具体过程也都公开坦率地告诉了投稿者，毫无保留。既对征联组织者提出积极的建议，也对应征写作者提出诚恳的忠告。他归纳出了应注意的六项原则和取舍标准的“三把斧子”，这是为初评者定出的标准，也是为初学写对联者提出的起码要求。

本书本来是为初学写对联的人而写的，但是它并不限于谈对联的写作方法，而是涉及对联的历史源流、联律探讨和作品鉴赏等各方面的问题。作者积累了许多第一手的资料，做了深入细致的分析，得出了不少独到的见解，给我们以新鲜的启迪。可以看出，作者正在努力为建设一门对联学而铺设道路。在经验提升为理论之后，又指导着自己的创作实践。本书披露了不少作者撰写的对联，又体现了理论对实践的指导作用。我们期待着更多像这样理论与实践相结合、学术性与知识性相统一的论著能不断问世。

笔者有幸先读到了原稿，深受启发。承责任编辑的委托，为本书写一点介绍性的文字。因不辞僭妄，写了自己的读后感弁于卷首，还请读者和作者批评指正。

2006年7月

目 录

代序

功夫在“联”外

——读白化文著《学习写对联》

吴小如

近年人们所从事的业余文化活动有三个热门：一曰书法，二曰写作旧体诗词，三曰作对联。这三方面“生产”的数量都很多，而质量上却总不见有多大提高。最近有人已渐有所悟，知道要想把诗写好，功夫乃在“诗”外。其实写毛笔字和撰写对联亦复如是，不从“字”外和“联”外下功夫，是很难有突破性进展的。而三者之中，爱好作对联的人似乎更多一些，出版这方面的书籍也多。有大部头，有小册子，厚如方砖的，薄如袖珍笔记的，应有尽有，不一而足，使人读不胜读。

最近，门人白化文君写了一本题为《学习写对联》的专著，承他惠赠一册。由于是老相识所写，字数又不很多，便拿来随意翻阅。不想一开了头，竟欲罢不能，从头到尾细读了一遍。意犹未尽，又把个别章节反复温习。读后甚有所感，大有不吐不快之势，爰成此小文，聊陈鄙见。

全书分“综叙”和“分述”两大部分，皆深入浅出，要言不烦，可读性强。“综叙”部分实包括三个重要内容，一曰对联发展简史；二曰写作对联应具备何种文字修养；三曰撰作对联必须掌握哪几个基本要点。弄明白了我国对联的发展过程，即从古到今对联的渊源传承关系，才能体会出对联作为一种艺术形式并非孤立存在。这就提醒我们，不能只为作对联而作对联，而应有个史的发展概念常存于胸次。这也正说明对联乃是体现和代表我国民族传统文化的一种综合艺术，它有古老而丰厚的民族文化传统做它的靠山，因此它不是无源之水，无根之木。从这里生发开去，我们可以清楚地看到对联原是从骈体文，从五七言律诗，乃至从上自辞赋下至词曲各体文学作品经过发展、变化、概括、浓缩而后形成的一种雅俗共赏、家喻户晓的艺术形式。因此我以为，如果一个人不熟读经史百家以及骈体文与诗赋词曲，缺乏丰富的生活经验，不具有洞明事理的世界观，并且对人生的意义和价值没有深刻的体会和理解，那么想写出精彩的对联来是很不容易，甚至是不可想象的。此即我所谓的要想作好对联，功夫乃在“联”外。

当然，写作对联还要讲“联律”即平仄与对仗，要讲求上下联之间的关系，即一副对联中主题的统一性。这些意思，在化文兄这本书的前半部基本上都谈到了。如果读者能从字里行间加以领会并进而身体力行，夫然后对联之事毕；若就其浅出之处而深入求之，则诚“有馀师”矣。

“分述”部分是对不同性质的楹联如春联、喜联、寿联、挽联等分别进行介绍和分析，并阐明其作法及有关禁忌事项，实用性很强。读者可从中各取所需，然后再去实践，所谓“执柯以伐柯，其则不远”，自不难收事半功倍之效也。

（本文原刊于1999年2月16日《北京晚报》）

第一章　对联的特点与源流

第一节　什么是“对联”

什么是“对联”，举例以明之，下举两例就是：

列为无产者；

丨——丨丨

宁不革命乎！

丨丨丨丨—

——邓小平撰写的对联

此联在写法上属于“冠顶联”，即上下联首字冠以“列宁”。

万里长征，犹忆泸关险；

｜｜——　—｜——｜

三军远戍，严防帝国侵。

——｜｜　——｜｜—

——朱德《题泸定桥》

这两副联，从内容到形式都很好，是典型的优秀对联。

那么，像这样的对联是如何写成的，或者说，写成什么样子，才算是对联，一两句话可说不清楚，就得费点事，详细谈谈啦。

怎么样谈法：开宗明义，首先得给“对联”下个定义，也就是讲讲对联是什么，它有什么特点；由此自然会引出第二个应该解释的问题来：它属于哪种学术范畴之内；接着会引出第三、第四个问题：它是怎样发展和形成的，它有哪些应用类型。这几个问题有其连带性。我们在下面大致按以上几个问题的顺序，有连带地进行说明。

对“对联”特点的认识

对联，是用汉字书写的（后来发展到也可用其他少数民族文字书写，但都是凑合着来，绝不如用汉字写来那样干脆利落。这一点，以后有可能时再讨论），悬挂或张贴在壁间柱上的两条长幅；要两两相对。它的特点，大致有：

一、上下两个长条幅，字数必须相等，合成一副联，称为上联、下联。各联的字数没有一定之规，从一个汉字到几百个汉字都可以。这就是说，上下联至少得各有一个汉字或一个符号（如标点符号）。多了呢？毫无限制。当然，常用的对联，上下联一般各在四个汉字到二十几个汉字。这是因为，上下联字数太少，很不容易表达出完整的意思来；多了呢？能有那么多的话吗？对联对字数固然不作限制，可是，笔者至今还没有见过上下联各两三千字的对联呢。这是从上下两联对文字的要求——字数无限制但上下联字数必须相等——来看。

二、对一副对联的基本要求之一是：必须在上下联中把一个完整的意思表达出来。只要能做到这一点，字数多少就可随意了。拿中国汉族民族文化创造的若干诗歌体裁，如律诗、绝句来和对联对比，这一点就会很明显地表露出来：律诗和绝句，各用八句或四句表达一个完整的意思；若是把它们中对仗的两句，特别是律诗中的颔联和颈联抽出来，把它们写成对联，有时候还勉强凑合，有时候就不行。因为它们不是为作对联准备的，不见得能表现出作者希望表现的一种完整的意思，原来的完整的意思是要靠整首诗来整体表现的呀！例如，拿一首挽诗和一副挽联对比，挽诗中的两句对偶句就未必能单独构成一副挽联——当然，在某种情况下也许能行——这就是它们之间存在的需要细心体察的精微区别之处。这是从要表现的内容的角度来看。

如上所述，上下联要共同表达出一个完整的意思来，因而，从句式结构看，一般来说，上下联至少各有一个分句或词组，多则不限。当然，从句型结构方面看，上下联应该是对应的。

三、从修辞学角度看，构成对联基础的是对偶辞格。对偶辞格是汉语和汉字特有的一种辞格，它是把通常为两个（多则可为几个，如元代杂剧和散曲中常用的三或四个）字数相等、结构相同或基本相似的字、词、词组、句子并列，用来表现相关的意思的一种辞格。从内涵上说，它要求意义上的关联，也就是不能各说各的（特殊的如无情对另议）；从形式上说，它的基本要求是要对称；此外，它还要求音节上的和谐相对。对联，可以说是汉语修辞学对偶辞格发展到极端的产物。这就是说，一般来说，上下联不能构成上述内涵、形式、音节三方面的比较严格的对偶的，就不能算是对联，至少不能算是好对联。

四、对联的实用性很强。从某个角度看，对联是从古代私塾教学童“对对子”直接发展而来的。创作对联的基本功，还得从对对子练习起。可是，口头甚至书面练习对对子还不是对联。《分类字锦》《巧对录》等类书与联话书籍所录的，大抵都是对子而非严格意义的对联。对联是一项综合性质的成品。一副对联，得为一个主题而创作出来，最好能书写下来，为张挂之用。它是为某种实用目的而创作的。而且，连张挂的形式也固定下来了：上联在左，下联在右。人们从对面看，则上联在右首，下联在左首。它们必须成对称形式，悬挂在相对的位置。连载体形式也固定下来了：必须是两个完全相等的长条形字幅状。一般来说，别的形状如某种“蕉叶形对”，极为少见。特别是横幅不行。如我们有时见到的四合院中左右穿廊游廊之上，常嵌有相对的“东壁图书”“西园翰墨”横幅，虽为工对，却只可算是两廊的横幅罢了。对联有经常悬挂在楹柱上的，特称“楹联”。后来，楹联发展成对联的一种文雅的称呼了。相对来说，对联便成为楹联的俗称。可是，抄录下来的对联词句只可称为“联语”。我们和大家一起讨论的，差不多都是联语，旁及一些对联的载体等。虽然有时也涉及对对子，但应说明：对对子，作为古代学习作文的一种基本功，是为作诗（特别是近体诗中的律诗及由之演化出的试帖诗）、作骈文（包括八股文）等共同打基础，从对对子到写对联，只不过是近水楼台罢了。

对联是汉族民族文化艺术的独特产物

对联，可以说是从汉族的民族传统文化派生出来的独特产物。惟有从中国的汉族文化中，才产生出完美的对联产品。这可以从民族传统——特别是深远的民俗传统方面，从语言文字方面，从文学和文章写作方面来观察。下面就从这三方面来说明。

一、先从汉族民族文化传统来看：观察自然与社会，可以看到，对偶是一种普遍存在的事物现象。再观察汉族的民族性及其深厚文化积淀与传统，更可以看到，汉族是非常喜爱对偶的。

汉族认为，除了领导者是高高在上独立自主统率一切以外，其他都是以形成对立面即对偶形式为宜。汉族本民族古老的哲学思想，就是无极生太极，太极生两仪，两仪生四象，四象生八卦，八卦推演到六十四卦。但是，汉族的民族心理中，可又并不认为这个推演出来的模式是完美的："未济终焉心缥缈，万事翻从阙陷好！吟到夕阳山外山，古今谁免馀情绕。"（龚自珍作）不过，在这个推演出的模式本身包容之中，却能看出是以对应形式为主的，这就说明汉族是看重和喜爱偶数的。同时，汉族更认为"数奇"是不吉利的。就连孤单在上的领导者也很危险，有成为"独夫"的可能。

汉族传统的建筑结构是四合院。各种大门，如殿门、辕门、院门等，全是两扇。陪衬正房的是东西厢房和两耳房。室内家具，也是一张桌子配两把太师椅。朝臣上朝，衙役站班，都分成两厢。这些都是民族心理在各方面的反映。可以说，汉族对对偶的喜爱，融汇于本民族的文化传统之中，无所不在。

二、再从汉语与汉字的角度看：那可是从一开始就给对偶准备了最好的独一无二的载体条件。

汉语由单音节语素组成。由这样的语言载体构成的词汇，其中配合成对偶的能力是无限的。世界上诸多广泛使用的语言中，只有汉语具有这种天生的属对能力。绝妙处还在于，为了适用于记录汉语，汉字从其创制之始，就成为一种兼表形、音、义的单音节方块形文字：一个字代表语言里的一个音节，每个字又都有属于自己的一定的意义（有的字还不止一种意义），由一定的笔画构成方块形文字。这就像同类形状的积木或方砖，能搭成一堵堵整齐划一的墙那样，为它们两两相对搭配造成了基本条件。再看汉语的词、词组、句子的结构，也是相当整齐划一的。汉语词汇中的词，大部分是单音词和双音词，就是多音词，也是由一个个单音节构成的，同样很便于两两搭配。由这些词构成的词组和句子，其结构搭配方式不多，不外有：联合（并列）和偏正、动宾（包括使动和意动等变通用法）、动补，以及仅为记音的不可分割的连写（联绵词、音译词语等），等等。因其有上述的单音节方块字为组成基础，所以同结构形式的两两搭配也很容易。

总的来说，汉语和汉字，从它的产生一开始，就自然而然地给对偶创造了条件。在世界诸多语言文字中，这种特殊性质是其他语言文字所不具有的。日本从古代到近代，大力推行汉化文化，什么都向中国学，他们的优秀汉学家甚至具备能写律诗和骈体文的能力，可是中国明代以后在社会上广泛流行的对联，在他们那里没有流行起来。笔者以为，这是因为对联是汉语对偶修辞格发展到极端的产物，非汉语系统的人学习起来究竟太吃力了，不容易被普遍接受。而对联是一种社会性实用性极强的文体，需要得到社会上公众的认可与爱好。要想让日本人像中国人那样把对联当成一种人际关系交际工具，对于他们来说，恐怕是太吃力了。当然，在中国对联大流行的时代即明清两代，日本已经逐渐开始向西方学习了，这恐怕也是另一个社会原因吧。相对来说，那时候的朝鲜半岛地区还没有向西方学习的打算，仍然一心一意地面向中国，因而他们接受对联这项比较新鲜的人际交往工具，使用得相当普遍。

三、还可以从中国汉族汉字文化的文学和文章体裁与作法等方面来看：从古代留下的文学作品看，语言文字中的对偶现象早就自发地在使用了。例如：

昔我往矣，杨柳依依；今我来思，雨雪霏霏。（《诗经·小雅·采薇》）

诲尔谆谆，听我藐藐。（《诗经·大雅·抑》）

惟草木之零落兮，恐美人之迟暮。（《楚辞·离骚》）

不仅在韵文中如此，就是在先秦的散文中也有大量的对偶句：

满招损，谦受益。（《尚书·大禹谟》）

博学而笃志，切问而近思。（《论语·子张》）

事在四方，要在中央。（《韩非子·扬权》）

可以看出，除了若干虚字的重复以外，上引诗文的作者似乎都在有意识地应用某些对偶形式，追求对比或排比效果。不过，这种方法只是在文章或谈话里隔三岔五参差错落地使用罢了。

如果说，在先秦诗文中，对偶辞格的句子和词组出现得还比较少，而且似乎带有自发的倾向；那么，发展到汉赋，使用对偶便是大量而自觉的了。例如：

臣之东邻，有一女子：云发风艳，蛾眉皓齿。颜盛色茂，景曜光起。……途出郑卫，道由桑中。朝发溱洧，暮宿上宫。……奇葩逸丽，淑质艳光。（司马相如《美人赋》）

于是发鲸鱼，铿华钟。登玉辂，乘时龙。凤盖飒洒，和鸾玲珑。……千乘雷起，万骑纷纭。……羽旄扫霓，旌旗拂天。……抗五声，极六律，歌九功，舞八佾。……（班固《东都赋》）

南北朝到隋唐的辞赋，是以对偶为主要词句形式的骈四俪六的文体。可以说，这样的辞赋是直接继承汉赋，并使之在对偶方面进一步精密和熟练。一直到两宋的四六文都是按照这种方式发展。我们总的称这类文章为骈体文。我们当代人容易忽略而应该提请注意的是，骈体文从南北朝以后直到清代以至民国初年，应用非常广泛。特别是在政府公文和科举考试以及书信（尺牍）中，以对偶为主要文体特点的多种体裁的文章，使用得极为广泛。从广义上说，这些多种体裁都和骈体文关系密切，它们都可以算是骈体文大家族中的成员。

关于骈体文和对联的关联，可以从下面几点来说一说。

一点是，承上而言，骈体文大家族对对联的影响极为巨大。广义地说，可以把对联看成骈体文大家族中的一个远房支属。对联是骈体文领域中在实用范围内的又一次扩展，是一次趋向精练化和精密化的极端的发展。

再一点是，也是承上而言，骈体文中对偶的应用虽然是十分自觉而严格的，十分讲究的，但从汉赋起，也沿袭下来一些习惯性的不成文的格律准则。例如，对虚词，特别是起联系作用的和表达语气的虚词，在对偶方面没有提出很高的要求；对人名相对和地名相对等要求也较低。比如：

> 潘岳之文采，始述家风；
> 陆机之辞赋，先陈世德。 （庾信《哀江南赋序》）
>
> 望长安于日下，目吴会于云间。……冯唐易老，李广难封。屈贾谊于长沙，非无圣主；窜梁鸿于海曲，岂乏明时。
>
> （王勃《滕王阁序》）

这两种不太讲究而可以将就的写作方法，也影响了对联。这些我们还要在以后讲到。在这里只是说一说，用来证明对联受到的这方面的明显影响罢了。请看下面一副著名的为大肚弥勒佛所作的对联：

大肚能容，容天下难容之事；

开口便笑，笑世上可笑之人。

两个“之”字不对，可以允许。但是，因为对联是对偶文体中晚出的，因而属于越晚出就对对偶格式要求越严格的，所以从全篇来说固然大部分是对偶的，但出现两个相同的虚字相对，终究被认为对仗不工。至于人名、地名的问题，一般说来，只要平仄调匀就行了，但是也追求工对，如“东方虬”对“西门豹”还不算太工，因为前两个字都是平声；“柳三变”对“张九成”才属工对呢。因为，从整体来看，人名对人名，且平仄调谐。拆开来看，“柳”和“张”都属于“二十八宿”之内的星宿。“三变”“九成”都是音乐术语。所以，“露花倒影柳三变”对“桂子飘香张九成”，真是的对。不能不佩服作者李清照。李清照就是李清照！

根据前两小节做出的小结

我们可以这样认为：

对联是中国汉族在本民族的历史发展中，由自发到自觉地，根据汉语汉字的特点，采用了民族精神和物质文化的多种成果而创造出来的一种独特的文字体裁。

对联的一大特点是：人际关系性质极强。绝大部分对联是在公开的交际场合使用的。如，喜联、贺联、寿联，都具有特定的突出的交际和人际关系性质。就是机关行业联、名胜古迹联，甚至书房厅堂联等，也具有广泛的人际交流性质。以上是仅仅从对联的内容看。

若是从写成了的对联看，另一大特点，就在于它是一种综合性艺术品。它集汉民族创造的书法、装裱（包括制纸、绢等）或小木作等多种工艺（如漆工、金属工艺等）于一身，最后悬挂出来的成品又成为室内外装饰艺术中的一种有机组成部分。

综合以上两点，从某种角度来看，对联堪称中国文化的一种综合性代表产品。从明清以来直到民国年间，对联在中国各阶层中，在各个场合，都大量使用，盛行不衰。新中国成立后，多种对联如机关行业联、门联、室内装饰联（特别是新中国成立前堂屋与客厅必挂的）等，随着时移俗易，慢慢地不再时兴。现在，在内地社会中，只是在佛寺、道观等宗教建筑和风景名胜内外等特殊地点，或是某种场合，作为交际、交流等人际关系的需要而存留。此外，作为年节的点缀，春联长盛不衰。寿联、挽联等等几种对联，使用频率还比较高。但是，后举的几种对联，从悬挂的时间看，都比较短暂，春联张贴时间较长，也就一年；从综合艺术的角度看，大体上都属于粗放型，挽联更是如此，两条白纸，挂完就烧。中国对联的综合代表性成品，恐怕还得多从长久悬挂的多种品类中去找。当然，从当前最具实用性的角度看，后举三种联是最常用的，因而也属于最重要的联种。

对联是文学作品吗

从语言学的角度看，对联是“积极修辞”中“对偶”辞格发展到极端的产物，是汉语特别是汉字独具的表现形式之一种。它是汉语文字学、音韵学、修辞学等语言学科的综合实用性产品。所以，汉语语言学是无法不接纳对联进入自己的学术领域的。

从中国文学的角度看，固然对联的远亲，或者说是它的远祖，如我们前面讲到的骈文、近体诗，都是堂而皇之地出入于文学殿堂的。可是，对联呢，我们检阅《中国大百科全书》，会惊讶地发现，在语言学和中国文学两部分中，都没有“对联”这个条目。大约是这两家都以为对方会收容对联，最后是把它当成蝙蝠啦！

我们会发现，建议语言学接纳对联，可能不难。它缺少拒绝的理由。让文学界接待——姑且不说加入——对联这个品种，恐怕有人就有异议。理由是：有相当多的对联作品文学性质不强。很多人愿意把“对联”汇入“文娱活动”的类型中去，和“诗钟”“灯谜”等归入一类去了。

当然，对联界的人，如中国楹联学会群公，就坚决主张对联和诗钟等都算是文学作品。中国楹联学会还挂靠在中国文学艺术界联合会之下，这可是名正言顺的了。笔者也赞成。可是，我们更应该创作出大量的文学性质很强的对联作品来，让人们心服口服。最后实至名归，让《中国大百科全书》的新版中语言学和中国文学两部分都不能不收对联词条——像律诗、骈文那样。其实，就拿律诗和骈文这两种文体来说，形式上写得满合规矩的，有的文学气息可不一定浓厚。不过，人家可占了早就加入的便宜啦。那可是无数优秀文学作家给打下的江山啊！

第二节 对联与其他文学体裁的关联

我们在前一节已经说过，中国汉文文学作品和古代流行的大量的各种体裁的文章中，使用对偶辞格作为一种重要修辞手段之处极多。在诸多的诗文体裁中，以精巧的对偶技巧作为主要的表现手段的，除了骈体文以外，就得数近体诗中的律诗了。一般都认为，骈体文和律诗，特别是律诗，就是对联的直系祖先。

骈体文中使用对偶的情况，上一节中我们已经讲了不少。本节主要说说近体诗特别是律诗中使用对偶的情况。

近体诗，特别是律诗，包括长律和试帖诗，在调平仄、押韵等方面要求很严格。特别强调应用对偶辞格于诗中，称为“对仗”。这些都是有一定之规的，总的称为“格律”。后来产生的词曲，也有自己独特的格律。关于格律，有许多专门的书籍讲述，例如王力先生的《汉语诗律学》和《诗词格律》，就是现代这方面的权威著作，有兴趣的读者可以参看。我们在下面讲对联作法时也要涉及一些，这里不再赘言。

举几个对偶严整的例子，看一看唐诗中的对仗：

善鼓云和瑟，常闻帝子灵。
冯夷空自舞，楚客不堪听。
苦调凄金石，清音入杳冥。
苍梧来怨慕，白芷动芳馨。
流水传湘浦，悲风过洞庭。
曲终人不见，江上数峰青。（钱起《省试〈湘灵鼓瑟〉》）

这是一首唐代人应科举考试的试帖诗。按官方规定，在对仗方面要求极为严格。此诗中除了收尾两句可以不对因而未作对仗外，其他各句都是两两对仗。头两句对仗略有不工处，这是因为开头也容许不对之故。

特别应该指明的是：骈体文中容许虚词可以不在对仗之列，这是我们在前面已经讲到了的，近体诗中却是绝对不行。本来，在古体诗中采用对偶时，早就注意并相当严格地执行对仗中对任何词语都不加宽贷，而在近体诗中，则是自觉地作为重要格律之一条来执行。在各类诗文体裁中，近体诗在这一点上是最早自觉严格执行的，包括绝句中的对仗，一律遵照不误。个别的早期的作者如李白似天马行空脱羁绊，有时不太讲究对仗，以意境和气象取胜，那是不拘一格和别具一格。杜甫则在晚年“属对律切”，律诗的诗律在他手中最终定格成型。

现在看几首杜甫的五律、七律和长律中的对仗部分，先看一首著名的五律中的前六句：

国破山河在，城春草木深。

｜｜——｜　——｜｜—

感时花溅泪，恨别鸟惊心。

｜——｜｜　｜｜｜——

烽火连三月，家书抵万金。　（《春望》）

—|——|　——||—

这六句形成三组对偶句，也就是对仗。

我们在这里，在每个字的下一行对应处加上了平仄符号。“—”表示平声，“|”表示仄声。以后再遇到该标明平仄之处，特别是对联，我们一律用这两个符号，标在字词句的下一行。目的是提请读者注意：对仗要求平仄调谐，一般上联的用平声字处，下联要配仄声字。当然，在内容或其他方面认为必须采用不调谐的字词相对时，也可以平平或仄仄相对，但有条件以为限制，如“一三五不论，二四六分明”就是。这一条是讲：上下联相对时，处于单数位置上的字在平仄方面不调谐还能凑合，双数位置上的字则不行。如果在某些按说非调谐不可之处出现了不调谐的毛病，就应采用若干方法补救。这些方法也包含在格律之内。这些都留待以后再说。

必须说明：对对子和撰写对联时，每个字发音是平声还是仄声，乃是基本上根据唐代的诗韵，也就是唐朝人的发音。自唐代以下，创作诗文用韵，特别是近体诗调平仄，一直到当代，全都这样办。这种作法和科举考试作应制诗文又紧密联系起来，因而为了统一读法，每朝都公布钦定的韵书，以为准绳。最后一次全面地制定读法和押韵的韵部，是清代公布的《佩文诗韵》。从此以后，直到当代，调平仄和押韵读音大体上是按着《佩文诗韵》来。这种作法直接影响了对联的作法。所以，为了使不太熟悉平仄的初学者慢慢地适应这种情况，我们从现在开始，就在所引的某些诗、词、曲和绝大多数对联的字词句下面都加上平仄符号。再强调一下：平仄的标音是按诗韵，大致上是以《佩文诗韵》的平仄标音为准。

再看一首著名的七律中的前六句：

风急天高猿啸哀，渚清沙白鸟飞迴。
—｜———｜—　｜——｜｜——
无边落木萧萧下，不尽长江滚滚来。
——｜｜——｜　｜｜——｜｜—
万里悲秋长作客，百年多病独登台。　（《登高》）
｜｜———｜｜　｜——｜｜——

这也是六句成三组对仗。头两句结尾是押韵的字，对仗的两句也押韵了。注意：对联的上下联因为只有各一联，所以结尾的字必须一仄一平，而且以上联仄收下联平结为常规，就不能像律诗中前两句既押韵又对仗了。

再看一首《谒先主庙》，这是五言长律，除了开头和结尾各两句不对外，通首对仗工整。为了让一部分不熟悉诗韵平仄的读者有练习的机会，我们在这首诗各句之下没有添注平仄，请有兴趣的读者自己加上吧：

惨淡风云会，乘时各有人。（**注意：这两句不对仗**）
力侔分社稷，志屈偃经纶。复汉留长策，中原仗老臣。
杂耕心未已，欧血事酸辛。霸气西南歇，雄图历数屯。
锦江元过楚，剑阁复通秦。旧俗存祠庙，空山立鬼神。
虚檐交鸟道，枯木半龙鳞。竹送清溪月，苔移玉座春。
闾阎儿女换，歌舞岁时新。绝域归舟远，荒城系马频。
如何对摇落，况乃久风尘。势与关张并，功临耿邓亲。
应天才不小，得士契无邻。迟暮堪帷幄，飘零且钓缗。
向来忧国泪，寂寞洒衣巾。（**结尾两句不对仗**）

注意：在个别情况下，杜甫采用了一联中字与字对仗，例如，“复汉”与“中原”这两个词语是不对仗的，可是，拆开来对，“复”可对“中”，“汉”可对“原”，虽然整体不算工对，可是内容甚佳，读到这里，人们极可能先一愣：属对不工吧？再一想，还算工对。进一步想：杜甫为什么这样对？恐怕一是内容的要求，二为起一种特殊效果，让人们想一想，反而记住了：这是一篇中的警策！所以，杜甫就是杜甫！

除了因只有上下两联而不必考虑押韵问题以外，调平仄、讲对仗等格律方面的问题，对联几乎全部继承律诗的格律及其作法，只是在字数和分句数目等方面更加灵活和多样化。准上所述，我们可以把律诗算作对联的直系源头，把骈体文当作对联的旁系远祖和经常来往的近亲。这样考虑，还在于能时刻提醒我们：要想学习和创作好对联，应该具备深厚的古典诗词根底和有关骈体文的基础知识。再说得具体一些，则是：

一要有较好的欣赏古典诗词的素养。还应阅读若干篇优秀的骈体文名篇，了解骈体文的大致作法，特别是它运用对偶等辞格的情况。

二要学会最起码的诗律，具备能初步运用的能力。所谓初步，指的是能调平仄和对对仗就行。

我们在这里点到了诗词中的词，其实还可包括一些散曲和古典剧曲及剧中的某些道白。它们也都是很注重运用对仗的。它们在宋代以下，特别是明清时期以至近现代，是和对联同步地在社会中发展的，彼此之间在对仗的运用等方面互相影响。

词在这方面和对联的交流最为密切。词在创作中的一大特点是：词律对对仗的要求，在具体到某个词牌中时，有时并不太严格，往往没有非对仗不可的限定。可是许多词家却常常在不必非对仗之处也对上了，可举下面的例子：

落日熔金，暮云合璧，人在何处？
千古江山，英雄无觅，孙仲谋处！
染柳烟浓，吹梅笛怨，春意知几许？
舞榭歌台，风流总被，雨打风吹去！

以上一和三两段分句，是李清照《永遇乐》词中的句子；二和四两段则是辛弃疾所作同样词牌的词中的句子。它们中的前两个小句子，李用了对仗，辛则不用。这种随时随处注重使用对仗的作品，在词中触处即是，在潜移默化中会给创作对联的人以影响。

更有一种在一个“领字”下字数相同的一组句子，按作词惯例，差不多都得用上对仗。例如周邦彦的词：

又酒趁哀弦，灯照离席。
念月榭携手，露桥吹笛。　（《兰陵王》）

这种句法及其对对仗的使用，除了如上述所说的给作对联的人以影响外，更直接提供一种句中自对的属对例证，特别为长联的撰写做出某种示范。至于曲，包括散曲和剧曲及其道白，应用对仗则更为灵活多变。明代著名曲家宁王朱权所著的《太和正音谱》中有“对式名目”一则，其中有云：

合璧对：两句对者是。连璧对：四句对者是。鼎足对：三句对者是。联珠对：多句对者是。隔句对：长短句对者是。鸾凤和鸣对：首尾相对，如《叨叨令》所对者是也。

曲子是万人传唱的。经过“齐唱宪王新乐府”和“家家收拾起，户户不提防”那样的传播，这些曲子中的对偶词句，自然在无形中开拓了人们的对偶知识视野，丰富了属对技能技巧。下面也举两处著名的例子：

蛩吟罢一觉才宁贴，鸡鸣时万事无休歇。（这是一组合璧对）争名利何年是彻！

看（领字）密匝匝蚁排兵，乱纷纷蜂酿蜜，闹穰穰（即“闹嚷嚷”）蝇争血。（这是一组鼎足对）

裴公绿野堂，陶令白莲社。（这是一组合璧对）

爱秋来时那些：（这是“领句”）和露摘黄花，带霜

烹紫蟹，煮酒烧红叶。（这是一组鼎足对）

想人生有限杯，浑几个重阳节。（这是一组合璧对）

嘱咐我顽童记者：（这是“领句”）便北海探吾来，道东篱醉了也！（这是一组合璧对）

这是马致远《双调·夜行船（秋思）》中的“离亭宴煞”。除了最后两个合璧对微嫌属对不工外，其他的对仗，特别是鼎足对的对仗，都十分工整。

再看看元杂剧《西厢记》中的一阕名作《叨叨令》：

见安排着车儿马儿，不由人熬熬煎煎的气！

有什么心情话儿靨儿，打扮的娇娇滴滴的媚！

准备着被儿枕儿，则索昏昏沉沉的睡！

从今后衫儿袖儿，都揾做重重叠叠的泪！

兀的不闷杀人也么哥！兀的不闷杀人也么哥！（这两句句式在《太和正音谱》中称为“叠句”）

久已后书儿信儿，索与我凄凄惶惶的寄！

除了那一组叠句外，有前后五个“鸾凤和鸣对”。

在同一社会里，各种诗文体裁间相互影响是必然的。对联的流行较晚，大致在明初到民国年间。词和曲虽然不是对联的源头，至少也算得上对联的近亲。词和曲的文学艺术性都很强，表现得很明显。撰写近体诗，特别是律诗，特别是七言律诗，只要对仗工整，诗味儿差点还可对付；写词，艺术性形象性差，马上就显露出不行来啦。前者像个硬壳皮箱，里头没有什么东西还看不大出来；后者像个软布口袋，里面有什么没什么，马上就能凸现出来的。一位词人或度曲家写的对联，往往能带出这种内在的情韵。如现代词人张伯驹先生撰写的对联，在这方面的表现就相当明显。他撰写的挽陈毅元帅联，能在大厅的角落里被伟大词人毛主席发现与赞赏，非偶然也。下引张先生此联，请读者细心体会：

　　仗剑从云作干城，忠心不易，军声在淮海，遗爱在江南，
　　｜｜——｜——　——｜｜　——｜—｜　—｜｜——
万庶尽衔哀，回望大好山河，永离赤县；
｜｜｜——　—｜｜｜——　｜—｜｜

　　挥戈挽日接尊俎，豪气犹存，无愧于平生，有功于天下，
　　——｜｜｜—｜　—｜——　—｜———　｜———｜
九原应含笑，伫看重新世界，遍树红旗。
｜———｜　｜———｜｜　｜｜——

张伯驹先生堪称近现代词人制联之巨擘，所作联语，以情意浓挚韵味深厚迥出常人之上。早年所作挽袁克文（著名物理学家袁家骝之父，吴健雄的公公）一联可为代表作。不赘引，请读者参阅《素月楼联语》一书可也。

第三节　对联的形成

现知的最早的联语

过去的对联研究者一般都认为，对联始于春联，而春联是由古代的“桃符”变化而来的。中国古代庆祝新春时，有在两扇门上，特别是在大门上贴桃符的风习。桃符，就是贴挂在门上的两块桃木板，上面画有驱邪的“门神”，如“神荼、郁垒”二神的画像。

对联“联话”的开山之作，清代梁章钜（1775—1849）的《楹联丛话》卷一，一开头就说：

> 尝闻纪文达（按：纪昀）师言：楹帖始于桃符，蜀孟昶“馀庆”“长春”一联最古。但宋以来，春帖子多用绝句。其必以对语，朱笺书之者，则不知始于何时也。
>
> 按《蜀梼杌》云：蜀未归宋之前，一年岁除日，昶令

学士幸寅逊题桃符版于寝门。以其词非工，自命笔云：“新年纳馀庆；嘉节号长春。”……实后来楹帖之权舆。但未知其前尚有可考否耳。

一般的对联研究者都认为，可考的对联之祖，也就能上推到孟昶此联为止。可是，此联乃是孤证，显不出在当时普遍流行的态势。梁章钜的态度颇有可取之处。他一方面根据文献，说孟昶创作的那副春联“实后来楹帖之权舆”；另一方面则有保留地说：“但未知其前尚有可考否耳。”不下结论，并显露出把希望寄托于未来研究者的心情。这种见地是很可取的。有人囫囵读过上引的那一段，便认为梁氏提出孟昶的一联为对联之始，算不上梁氏的知音呢。

中华书局出版的《文史知识》1991年第4期，发表了敦煌研究院研究员谭蝉雪女史撰写的《我国最早的楹联》一文，推论出对联产生于晚唐以前。这一推论，是根据敦煌莫高窟藏经洞出土的敦煌遗书中斯坦因劫经第0610卷所录的内容得出的。谭研究员据原卷所作录文是：

岁　日：三阳始布，四序初开。

福庆初新，寿禄延长。

又：三阳□始，四序来祥。

福延新日，庆寿无疆。

立春日：铜浑初庆垫，玉律始调阳。

五福除三祸，万古□（殓）百殃。

宝鸡能僻（辟）恶，瑞燕解呈祥。

立春□（著）户上，富贵子孙昌。

又：三阳始布，四猛（孟）初开。

□□故往，逐吉新来。

年年多庆，月月无灾。

鸡□辟恶，燕复宜财。

门神护卫，厉鬼藏埋。

书门左右，吾傥康哉！

谭研究员说：“把上述文句确定为楹联的依据有三”，即：

第一，时间上的吻合：“岁日”“立春日”正是我国传统习俗书写楹联的时候。许慎《淮南子·诠言训注》记载：“今人（**按：汉代人**）以桃梗径寸许，长七八寸，中分之，书祈福禳灾之辞，岁旦插于门左右地而钉之。”……（**按：此下尚引《玉烛宝典》《荆楚岁时记》等书，说明我国古**

代在岁日和立春日均有春符、春联的活动。）

第二，文句对偶，为联句格式。……

第三，……最后明确指出："书门左右，吾傥康哉！"

偶句而写于门之左右者，当为楹联无疑。如无此语，还可以认为是一般"集句"，以致在《敦煌遗书总目索引》中定为"类书"。但那是不够确切的。

谭研究员还为这个卷子考订书写时代：

联句写在斯 0610 卷的背面，前后均无题记。其正面是《启颜录》的抄本，尾题："开元十一年捌月五日写了，刘丘子投二舅。"此尾题为楹联的断代提供了可靠的依据。时为公元 723 年，较孟昶的题辞早 240 年。

谭研究员又指出"这只是楹联的上限年代"，至于下限，她根据对其内容的分析，将其定为晚唐。我认为确切可从。因而，我们可以信从谭研究员的结论："可以说敦煌联句是迄今为止，得以保存下来的我国最早的楹联。"请有兴趣的读者自行阅读那篇文章，我们在这里就不多赘引了。

据谭研究员的文章，我们至少能得出以下三条结论：

一、对联始于写春联。在还没有更早的非春联类型的资料出现的当代，把谭研究员所引的敦煌遗书斯0610卷和孟昶写春联的记载加在一起考虑，这一条绝对可以成立。

二、春联最晚在晚唐时已经产生，还可能上溯到盛唐，也就是公元七八世纪左右。

三、对联起源于民间。写春联，不是由于帝王提倡，相反地，帝王倒是受到当时民间流行的书写春联的影响。

我们必须说明的是，那个时代，虽然已经有写作并张贴春联的例证，但是，未必有“春联”“对联”这样的作为一种体裁的固定化的专名词。从敦煌写本斯0610卷的内容和写法看，和唐代流行的又在敦煌写本中大量出现的某些骈体应用文范本极为相似。《敦煌遗书总目索引》将其归入“类书”一类，有一定的道理。这也就是说，早期的这种雏形的对联，似乎是在骈体应用文和律诗的双重影响下蜕化出来的一个新品种。

对联的成熟

明清两代是对联的成熟时期。特别是从清初到新中国成立前，更是它的全盛期。成熟标志有三：

一是广泛地应用于社会交际中。它深入社会生活的各个方面，在礼仪场合使用得很普遍，几乎成为公共关系中不可或缺的一部分。

二是装饰性充分显现。它已成为综合性的装饰艺术中显示汉字文化的有机组成部分。它是集实用、装饰和显露内心世界一角为一体的重要手段。

三是狭义地看对联，我们在前面已经说明，完整的“对联”是一种整体性的（这在张挂时才能充分显示）综合性艺术品。它显露出多种多样性。载体多样：纸、绢、布（多用于挽联和旗帜上）、木、竹、金属和玻璃等等皆可用；字体多样：真草篆隶不拘，针对不同的要求与对象使用；写作技法多样：在对偶的基础上，几乎用尽了所有的汉语修辞手法，极语言文字技巧之能事；还有那鲜明的用印，考究的装潢。可以说，对联本身已经成为集诗文、书法、印章、装潢（装裱或雕刻装饰等）为一体的汉字文化特有的综合艺术品。从其内容和写法几方面合起来看，堪称百花齐放，是驰骋诗才，运用史笔，发表议论，显示驾驭汉语汉字能力的广袤无垠之地。

但是，我们说对联是一种综合性艺术品，乃是特指成型了的即装潢已成的对联成品而言。那么，仅仅停留在稿本阶段的甚至是口头上的对对子呢？那可得具体情况具体分析。主要是从历史角度和创作当时的环境、条件等方面来考察。

唐宋时代很流行属对。常见的有如下的脍炙人口的记载：

> 左史东方虬每云："二百年后，乞你与西门豹作对。"
>
> （唐·刘悚《隋唐嘉话·补遗》）

按："乞你"就是现代汉语的"请你"。东方虬说笑话，把自己的名字拟人化，放在自己的对面当宾客来对待，故有此戏谑的话。

> 南汉地狭力贫，不自揣度，有欺四方傲中国之志。每见北人，盛夸岭海之强。世宗遣使入岭，馆接者遗茉莉，文其名曰"小南强"。及铱面缚到阙，见洛阳牡丹，大骇。有缙绅谓曰："此名'大北胜'。"（宋·陶穀《清异录》）

按：梁章钜《巧对录》卷二引陶氏书，评为"语多俊异，对偶极新，足为词章之助"。

> 晏元献（按：北宋晏殊，谥元献）同王琪步游池上。时春晚，有落花。晏云："每得句，书墙壁间，或弥年未

尝强对。且如‘无可奈何花落去’一句，至今未能对也。”王应声云：“似曾相识燕归来！”（宋·吴曾《复斋漫录》）

按：晏殊将这两句既写入《浣溪沙》一词，又写入《示张寺丞王校勘》七律一首。

宋与辽交欢，文禁甚宽。轺客往来，率以谈笑诗文相娱乐。元祐间，苏文忠公（按：苏轼）尝膺是选。辽使闻其名，思困之。其国旧有对云：“三光日月星”，无能对者。以请于公。谓其介云：“我能而君不能，非所以全大国之体。‘四始风雅颂’，天生对句，盍先以此复之。”介如言。……旋复令医官对云：“六脉寸关尺。”……（清·梁章钜《巧对录》卷二）

按：这一则对句故事十分著名，历代书籍中传抄者甚多，较早的记录似乎见于南宋岳珂的《桯史》。后代诸书有增益。梁氏的引据虽为晚期著作，但相当完备清楚，且附有他自己的按语：“近又有以‘八旗满蒙汉’作对者，庄赡相称。文字因时运而开，此则前人所不能测其所至矣。”

我们认为，以上所引都属于“对对子”范畴，还不能算是正规的对联。合乎我们在前两节和本节中所说的常规的对联成品，在明代才大大地流行起来。专门登载对联联语的著作，如《对类》等等，也是在明代开始出现的，它标志着对联在社会上为各个阶层所共同使用，说明对联这一体裁此时已经进入成熟阶段。

咱们必须明确：严格地说，“对联”“楹联”指的是综合性艺术成品。“联语”则指它的文字内容和格律部分。

第四节　对联的分类

我们首先将对联分为实用性对联和装饰性对联两大类。必须说明的是，这种分类法，基本上也是从实用的角度考虑的。在这里，更需要强调一下对联的实用性。我们在前面已经讲过，对联是一种综合艺术，它为装饰某种环境而使用，而存在。严格地说，所有的对联全有实用性，非实用的对联是没有的。即使是某些张挂在书房等处的个人抒情言志的对联，也是要和那里的环境相调和，并向人们展示主人的个性、抱负、现在的处境等。现举联史中知名联家、民族英雄林则徐的两副自作书房联为例：

苟利国家生死以；

丨丨丨——丨丨

岂因祸福避趋之。

丨—丨丨丨——

此联是林氏禁烟失败后，谪戍新疆时所作一首律诗中的一联。他摘出作为书房联。去看望他的人，谁都能感受到他能为国家不惜牺牲个人的伟大襟怀。

坐卧一楼间，因病得闲，如此散材天或恕；

丨丨丨——　—丨丨—　—丨丨——丨丨

结交千载上，过时为学，庶几炳烛老犹明。

丨——丨丨　丨——丨　丨丨丨丨丨——

这一联是林氏告老还乡后，为自己在原籍所建的读书楼所作，表现了他老年好学、孜孜不倦的自强不息精神。可惜，因为太平天国金田村起义，皇帝还是要倚靠他出山，他的晚年学习计划未能实现。然而尚未到任，半路上他就逝世了，倒也避免了后世可能给他加上的镇压农民起义的恶名。不过，咸丰皇帝可是震悼非常，御制挽联：

答主恩清慎忠勤，数十年尽瘁不遑，解组归来，犹自

｜｜——｜——　｜｜—｜｜｜—　｜｜——　—｜

心存君国；

———｜

殚臣力崎岖险阻，六千里出师未捷，骑箕化去，空教

——｜——｜｜　｜—｜｜—｜｜　——｜｜　—｜

泪洒英雄。

｜｜——

此一联，特别是上联，多一半是讲给活着的那些大臣听呢。

从上述可知，我们强调的实用性中，有一点值得特别注意，即对联的人际关系性质。绝大部分对联是在公开的交际场合使用的，如我们刚刚引过的那副挽联，还有喜联、贺联、寿联等，都具有特定的交际和人际关系性质。就是我们上面所引的书房联，还有行业联、名胜古迹联、门联等，也都具有不等的人际交流性质。因此，撰写对联和撰写抒情的诗文等，特别是和写日记很不一样，对联的作者心目中一定要有特定的读者。如我们上引的林则徐的两副联，就是在不同的特定场合写给估计来看望自己的人，并通过他们向更多的人表达个人当时的怀抱。

我们把对联分为两大类，大致的标准是：

一、有特定的对方的，张挂时间不太长的，对载体一般要求不高的，归入实用性对联范围。其中，大体上包括寿联、喜联、挽联和春联这四类。

二、针对的观览者、读者面较宽的，估计张挂时间会相当长的，因而对载体的要求要高一些的，归入装饰性对联范围。其中包括多种多样的对联，如名胜古迹联、行业联、室内外装饰联等都是。

前面已经说过，这种分类是带有模糊性的，是可以互相交叉的。当然，各类联语的撰写方法，通过数百年积累经验，也都摸索出一些自己的特点来。

关于各类对联的特点、撰写方法，我将在本书后面设专门的章节来加以介绍，此处就不具体讲解了。

第二章　对联的格律问题

第一节　平仄问题

调平仄

前面我们已经谈过，对联和近体诗、骈体文这两种文体有密切关系。从调平仄方面看，近体诗，特别是近体诗中的律诗，特别是律诗中的摘联，即摘出来看的一副联语，更是对联的渊源所在。

近体诗和骈体文都属于中国古代汉文的韵文体裁。汉文的韵文是很讲究声调和谐的。调谐声调的基本方式是划分平仄声，并在对句中用平声对仄声，仄声对平声。即使不能把上下句相对的每个字全都对上，起码也得有五分之四以上相对（句子越长，越能马虎些，但总不能超过二分之一吧），才算及格。至于一句中平声和仄声的前后安排也很有讲究，这些都属于格律的研究和限制范围。五言和七言律诗的句式格律，可以说是写作对联的基本句式格律。所以，学习写作对联的人，必须先把它们烂熟于心。这是很容易的，它们调平仄的基本句式格律，按首句不入韵的格式，只有各两组，就是：

五律一：仄仄平平仄　（仄起）

平平仄仄平　（平收）

例句：月下飞天镜

｜｜——｜

云生结海楼　（李白《渡荆门送别》）

——｜｜—

五律二：平平平仄仄　（平起）

仄仄仄平平　（平收）

例句：青山横北郭

———｜｜

白水绕东城　（李白《送友人》）

｜｜｜——

七律一：平平仄仄平平仄　（平起）

仄仄平平仄仄平　（平收）

例句：花迎剑佩星初落

——｜｜——｜

柳拂旌旗露未干　（岑参《早朝大明宫》）

｜｜——｜｜—

七律二：仄仄平平平仄仄　（仄起）

平平仄仄仄平平　（平收）

例句：信宿渔人还泛泛

｜｜———｜｜

清秋燕子故飞飞　（杜甫《秋兴》）

——｜｜｜——

我们可以看到，这种句式，基本上是两到三个平声字之后接着两到三个仄声字，或者倒过来也成。对联调平仄的方式，就以此为基础，再生出一些变化来。因为，对联的字数，可以少到上下联各一个字，多到有几十个分句几百个字，而且并无限制，可以无限延长。所以调起平仄来，变化多端，比律诗的格式要复杂，而且没有像上引的律诗那样，有定式可循。但是不要紧，只要紧紧把握住以下两条原则就行：

一、句中平仄问题：一句之中，一定要平仄相间。而且按照律诗的格式，每两到三个平声（或仄声）字之后必换用两到三个仄声（或平声）字。

应注意的一点是，如果采用一平一仄或一仄一平循环往复的类似“一二一”“左右左”齐步走的办法，诵读起来，就会感到节奏快而飘，一个字一个字地往外蹦，念快了像放小钢炮。但是，可以把单独的平声或仄声安排在结尾处，往往会取得斩钉截铁的效果。

应注意的另一点是，如果连用四个甚至四个以上的平声或仄声，就会显得过于平板生硬，诵读起来非常沉闷，而且更有一个字一个字往外蹦的感觉。

总之，一定要把握住二至三个音节必换平仄的原则。这一点无妨用现代汉语普通话中阴阳（归平声）上去（归仄声）四声的调谐来说明。如，有的书名，像《三国演义》《七侠五义》，都是按阴阳上去这四声调谐的，读起来非常好听。林语堂创作的一部英文小说，老的中文译本将书名译为《瞬息京华》，发音是“去阴阴阳”，其中“息”古读入声，和“瞬”连读有时音变为去声，形成一仄三平或二仄二平的发音，相当好听。新译本译为《京华烟云》，发音“阴阳阴阳”，全是平声，很难上口。再如，一部以对联故事为内容的电视剧，剧名定为《联林珍奇》，发音是“阳阳阴阳”，也很难上口。这就给人造成错觉：题名尚且如此别扭，剧作者懂不懂对联的平仄格律呢？

我们上面用现代汉语普通话的四声发音举例，用意是说明：从古至今，诗文中（包括散文的句中声调和成语、俗语的声调搭配等）调平仄都很重要。可是，尽人皆知，普通话的四声是基于现代北方口语的阴阳上去四声，与古代的四声大不相同。当然，我们不会忘记：对联的四声发音用的是古代的四声，即原以唐代口语为基准的，最后经过《佩文诗韵》等官方韵书固定下来的平上去入四声。其中，平为平声，上去入为仄声。本书中对联和诗文句子之下所注的四声，除了个别注明者外，都是古平仄四声。因而，我们学习创作对联，调平仄一律以古四声为准。因为这是几百年以至上千年的无数作者写作对联所共同遵守的惟一标准。

是否可以用普通话四声代替传统的近体诗诗韵四声入联，已经成为近年楹联学界的一个热门话题。1989年6月，在中国楹联艺术研讨会上，热烈而集中地进行过讨论。现代派认为，从发展的眼光看，这种替代是大势所趋；传统派则强调，如果不遵守这个标准，势必形成两种甚至两种以上（因为现代汉语还有七大方言区呢）的各行其是的作法。笔者认为，那需要由国家语委这样的权威机构出面，召开一次以上的会议，邀请全世界关心这种事的学者参加，其中应包括海外华人以及日本、韩国、朝鲜、越南、新加坡等东北亚和东南亚各国中对此有研究的人士。因为在那些地方，特别是那里的华人聚居区，对联还很流行，而且好像比内地还盛行。至于香港、澳门、台湾地区的学术与行政部门，更在必然邀请之列。会议中共商大计，拟定出一个办法，比如说，硬性规定，从哪一天开始，全球创作对联的人都改用当代普通话四声作联。这就算一步到位。现在，个别的学会、协会之类非官方权威机构私定办法，没有权威性，更不能强迫别人非执行不可。像对联评奖，来稿有用今四声的，有用古代四声的，如果没有一条准绳，连评也评不成了。

归根到底，我们的意见是：现在必须仍然用古代四声来调平仄。

二、收尾两个尾字的平仄问题：这本是个不成问题的问题，但还必须重点强调一番。它牵涉两个问题：

一是，上下联收尾的各一个尾字，必须是一平一仄。这个原则是铁定的，毫无更改可能的。如果上下联两个收尾的字全平或全仄，行话称为“一顺边”。笔者曾参加了二十年来每一年总有几次的各类评联活动，在初评时，用的第一把大砍刀就是它：先看尾字，凡全平或全仄的，当即刷掉。

二是，至于上下联中哪个尾字用平声，哪个用仄声，却不是板上钉钉的。以下将这两个问题的来龙去脉及相关情况略作说明：

律诗一般是押平声韵的，也就是一联中的上联用仄声收尾，下联用平声收尾。这是因为平声舒缓、悠长，吟唱时容易留下有馀不尽之感。对联接受了这一传统作法，一般也以平声字结束全联。因而，上联的收尾用仄声，下联的收尾用平声，几乎已成定格。有的对联学家甚至坚决主张，只有这样格式的对联才行。有时看到下联用仄声而上联反而用平声收尾的对联，就认为写倒了或贴倒了，应该正过来。这就未免过于拘执了。

上联用平声收尾，而下联用仄声收尾的对联是有的，不过较少。它们属于对联格式中的变格。明清以来，已经有许多人创作过此类对联，远非孤例。而且，这样写，往往是由于内容要求使然。以联话家常举的“海山仙馆”一联为例：

海上神山；仙人旧馆。

| | — —　— — | |

这副联首尾四个字用修辞格中的“镶嵌（嵌字）格”，所嵌的是那座别墅的名称“海山仙馆”，顺序是无法颠倒的呀！

再如我们前面引用过的“三光日月星；四始风雅颂”对句，出句用平声收尾，对句就只能用仄声收尾了。有人认为此对出句是下联，要求对的是上联，这就太拘泥了，原来出句的人并没有这么说。不过有鉴于此，当代评联活动中，凡出平声收尾句求对者，一般都声明是征求上联，以免误会。当对联评比竞赛征求全联时，初学者最好不要投下联为仄声收尾的稿子，以免被不甚宽大或水平不高的初评审稿人所淘汰。

以上把调平仄的重要原则讲了一番，不嫌辞费，再小结一次，不外三点：一、最好采用二至三个平声字与仄声字互换的步调。但这个原则属于理想的，不是铁定的。二、上下联的两个收尾字必须一平一仄，这可是铁定的。三、在现阶段，还是得按传统沿袭下来的近体诗沿用的诗韵平上去入四声来调平仄。

下面，还得更具体地将以上三条做进一步解析。

调平仄的难点

难点就在：古为入声字，可是现代普通话中并无入声，因而有些归入平声（包括阴平与阳平）的那些字上面。再扩大点说，在古今平仄声不同的那些字上面。

再具体一点说，在现代汉语七大方言区中，有的方言还保存与近体诗诗韵读音差不多的入声，甚至更复杂些，有阴入、阳入之分。如吴方言、粤方言、客家方言等都有这种情况。他们在调平仄时，按方言口语一调，就能八九不离十。像我的老学长、中国楹联学会顾问程毅中先生是苏州人，虽然日常也说普通话，可是运用家乡话调起平仄来非常快当，令我十分羡慕。我就不行了，我是北方官话方言区生长起来的人，只会说以北京土话打底的普通话，根本读不出入声来，因此调平仄只能凭读诗词的经验等办法，再不行就得去查加注古音的大辞典了。因而我们这里所说的难点，主要是针对那些只会操普通话的人而言。

一个字是平声还是仄声，正是调平仄时必须逐字解决的。古代的入声字，现代已经分别归入阴阳上去四声。归入上、去两声的，反正同属仄声，在对联中调起平仄来没什么困难（在词曲中有时要求四声分明，但和对联无关），初学者可以不管它。难的在于：

一、古代的入声字，现代普通话中归入阴平、阳平两声的，最应该注意。当代人撰联在平仄上出问题，往往出在这里。例如《题成都杜甫草堂》一联：

万里桥西宅；

丨丨——丨

百花潭北庄。

丨——丨—

这是摘录杜甫本人所作的《怀锦水居止二首》中第二首的开头两句。摘录前人诗文为联，是允许的，但要摘录得好。这副联算好的。我们看它的平仄：在普通话中，“宅”字属于阳平，“百”“北”两字属于上声；而在近体诗诗韵中，它们都属于入声，“宅”和“百”还都属于入声韵部的“十一陌”。因此，当代人调平仄时，“百”和“北”两个字反正也是归入今音仄声的，不太深究尚可，“宅”字却需大大注意了。好在它正处于上联收尾，又是杜甫原句，这就提示给我们：它是仄声字无疑。以后，在诗词中遇见“宅”字的时候多了，也就记住它是个仄声字了。笔者就应用这个笨办法，记住了许多仄声字。

再如下面引的这副联：

广祈多福；

|——|

博览群书。

||——

此联中，按普通话的读音，“福”“博”两字都是阳平，可在诗韵中均为入声。具体到此一联，“博”字不是收尾的字，还

不吃紧；“福”占了上联收尾位置，又是常用字，所以必须多加注意。曾见在评联的初评阶段，由于参加审稿的人水平不一，有人见到“福”字，就认为是平声，再看成两个收尾字全平，于是糊里糊涂使用大砍刀，造成遗憾。这也提醒我们：在参加征联评奖竞赛投稿时，起码在收尾的上下联各一字中，最好别使古今平仄不同声的字，或者使用而加意注明，以免被平庸的评卷者看错而舍弃。

二、也有普通话中归入仄声，而古代诗韵中则属于平声的字。虽然不多，也应注意。例如：

一代英雄从小看；

丨丨———丨丨

满园花朵向阳开。

丨——丨丨——

这是一副写给幼儿园的春联。它的平仄就算相当调谐。只有上联收尾的“看”字，普通话中读去声，古代韵部中一般归入平声“十四寒”。好在“看”字还有归入去声“十五翰”的另一种读法，勉强能够通过。但是，遇到认真的评议者，按词义来定声韵的，就难说了。遇到这种两可情况，初学者还是避开为妙。对联的海洋是广阔的，何必自己找暗礁呢！

“联律”问题

诗律是作诗的法则，从近体诗来说，大体上以调谐整首诗中的平仄为其主要法则。应该说，大部分法则并非生造的，而是与自然而然生成的客观情况调谐，使之由自发的成为自觉的，并加以规律化，再在实践中逐步完善。它本身就有一个历史的发展的过程。一般都认为，近体诗，特别是其中的律诗，到了杜甫手中才“晚节渐于诗律细”，达到完美的地步。这是说创作实践。至于理论探讨的头一个高潮期，恐怕得到宋代诗话盛行之际了。

那么，有没有“联律”呢？许多研究者都认为，当然是有的，还不断地总结出若干规律来。笔者也认为，既然对联这种体裁已经经过许多作者创作，并共同遵守某些写法，客观上当然有联律存在。不过过去的大部分作者都以创作为主，很少进行理论探讨。倒是新中国成立后，由于大家的理论水平和分析能力都大大提高了，特别是又赶上这二三十年来思想更趋解放，学术更趋繁荣，楹联界百花齐放百家争鸣的时期到来，联律的问题就提上了讨论研究的日程。

下面就谈一谈笔者的一些想法。

一、我们必须认识到，“敢将诗律斗森严”只是一种最高级的追求，而且希望通过比较级的评判度量来向完美靠拢。诗人创作时，由于熟能生巧，会自然而然地运用诗律，达到八九不离十的程度。可是作者往往把作品内容的表达放在第一位，如果诗律妨碍诗意，往往置拗口于不顾。更聪明的，就想出种种补救的办法来。联律也是如此，只要记住最基本的几条，如我们上面讲的尾字必须一平一仄，就是最要紧的一条；基本上得做到上下联平仄相对，是另一条；别老一平一仄地蹦，是又一条；最多三个同平声或同仄声的字就换，是再一条；有这四条打底，也就够使的了。

二、当代一些联家总结对联格律，已有相当大的成果。如常江等位同志在《中国对联大辞典》等书籍中总结出的“句式”“联格”和其他对联知识，相当细致而又适合实用。余德泉学长的新著《对联格律·对联谱》和《对联通》两书，提出了许多有关联律的创见，研究“马蹄韵”的格律，就是他的创获。我们应该认识到，古代联家在创作对联时，往往是自发地使用了联律。他们也没有现代语言学知识。当代楹联研究者对联律的研究已经是自觉的，成就远远超乎古人。为了学习好撰写对联，精益求精，我们必须向当代研究者学习，掌握他们的成果。但是，我们不能执此以苛求古人。就是对当代的某些非专业人士，只要他们在撰写如应酬性质的对联（例如写寿联或挽联）时能做到如上面所说的四条打底，也就行啦！

“马蹄韵”问题

有关联律中的“马蹄韵”，是近年来对联界讨论的热点。我们刚才说过，余德泉学长的新著《对联格律·对联谱》和《对联通》两书，以及他写的一些论文，都提出了许多有关联律的创见，研究“马蹄韵”的格律，就是他的创获之一。笔者在这方面只是初学中的初学，不敢在本书中发表太多的学习体会。笔者建议读者尽可能去阅读一下余先生那两部书。前书由岳麓书社出版，后一书由湖南大学出版社出版。

现在，笔者根据自己学习此二书的体会，谈一谈对“马蹄韵”的粗浅认识。

“马蹄韵”的最基本的格律大致为：

一、两平声两仄声转换一次，如：

平起式：—｜｜——｜｜—　　（平收）

　　　　—｜｜——｜｜——｜（仄收）

仄起式：｜——｜｜——｜　　（仄收）

　　　　｜——｜｜——｜｜—（平收）

二、有多个分句的联语，各分句的尾字也按上述格律安排，如：两个分句的，一般是上联尾字先平声后仄声，下联自然反之，即平仄对仄平；三个分句的，一般是平平仄对仄仄平；四个分句的，仄平平仄对平仄仄平。如此类推。

欲知详情，务请阅读余先生原著。

拙见以为，马蹄韵在某些联语中确实是客观存在，古人对它可没有太深入的研究，多半是自发地使用，使用者还不能说有很多；当代的人，自余先生为之揭示出格律后，研究楹联的人，如中国楹联学会的一些同志，很拿它当回事儿，自觉地使用，特别是应用它来从事评联。因此，读者要是有志于参加评联投稿的话，有时就得按照此联律来规范自己的创作。其实呢，一部分古人只是自发地应用此律，大部分人就不能严格遵守。他们脑子里本来对这事就不十分清楚嘛。咱们呢，拙见依然是：

一、要了解这一联律，可以遵照它去创作。

二、任何创作，形式服从内容，当然，也能影响内容。所以，笔者还是坚持上一小节中所说的，即尾字一定要平仄分明；多个分句的尾字，尽可能按马蹄韵的要求办。句中的字，尽可能两个到三个字一换平仄，除了开头外，别走单了。当然，上下联相对的字，要尽可能做到平仄相对。

初学的人能做到这些，也就够了。

最后，还得讲两点：

一、字越少的联，如三字、四字的联，越要讲究平仄分明。

二、“一三五不论，二四六分明”，是格律诗的诗律宽限，不可滥用这条宽大政策。如果一句中超过百分之八九十都是平声或仄声，如五字联中一三完全不论，形成四仄一孤平，可就不行啦。一个出句十个字，八个仄声，就算失败。

总之，笔者在前一小节中讲的是宽律，严格按照马蹄韵去作，算是一种严律。先学从宽，再求从严。

第二节　对仗问题

说对偶

对偶是一个修辞学范畴的术语，属于汉语“积极修辞”的一个辞格。从某种角度上看，这个辞格是汉语所特有的，特别能通过汉字和汉字书写的文字作品表现出来。汉语和汉字结合起来，共同对这个辞格提出明确的要求，那就是：

一、把同类的或对立的一组概念并列在一起。所谓一组，当然最少也得两个，多则没有限制。例如，我们在前面讲过的剧曲和散曲中的对仗，常达三四个一组，就是这样的。一般说来，这就算最多的了。对联是额定的两个一组（句中自对另说）。

二、对于并列在一起的概念，从现代的汉语语法角度看，提出的比较严格的要求有以下三点：

1.从语法中词法归类的角度看，应该是同类的词语，至少也得是类别相近的词语。例如，名词对名词，动词对动词，形容词对形容词等。从对仗的角度则要求更高。但是无论从对偶还是对仗来说，也都有许多通融的办法。这些都留待讲对仗时再说。

2.从语法中词语结构的角度看，其结构最好相同。例如，并列结构的，偏正结构的，动宾结构的，动补结构的，联绵词类型的，单纯虚词类型的，最好各自为对。实在不行，动宾结构的对动补结构的还凑合，并列结构的对联绵词也还可以，并列结构的对偏正结构的就显得很不工整了。

3.从字本位的角度看，一个字对一个字，这是起码的也是严格的不能通融的要求。例如，“冰激凌”对“牛奶”，三个字对两个字，绝对不行。从词法的角度说，就是单音词要对单音词，双音词对双音词，多音词对多音词。当然，在对仗实用中也有许多通融，这也留待下面再谈。

三、除了有特别的要求外，一组对偶中上下不能出现重复的字词。

四、从音韵方面，还要求对偶要平仄相对。作为修辞格的对偶，平仄相对不是其必需条件，在散文中尤其是这样。只有律诗中的对仗对出句和对句的平仄有严格规定，古体诗和词的对仗都有相对自由的地方。对联的平仄要求与近体诗相同。

作为一种修辞格，对偶在所有的汉语写作的文章中被大量运用。对偶在诗词曲和骈体文等文体中的运用称为对仗。对联是以对偶修辞格为基础的一种文体，它最直接地继承了律诗中的对仗方式。

话对仗

“对仗”本是一种唐代百官公开奏事的方式。仗，指皇帝上朝时宫殿上的仪仗队及其所持的仪仗，那都是两两相对的。对仗是“对仗奏事”的简称，指的是唐代中央政府机构（如中书、门下等省的主管者）和三品以上（包含三品）大官报告公事，御史等言官弹劾百官，都是对着仪仗公开上奏，这就是“对仗”。它是相对屏去仪仗队和百官的“密奏”而言的。《资治通鉴》卷二百一十二中的“开元五年”内所记，《唐会要》卷二十五中“百官奏事”条中，都有相当明确的说明。请有兴趣的读者参看，不赘述。我们要说的只是，因为仪仗队和仪仗是两两相对的，所以被借用来比喻诗文中对偶的字词句了。这就与原意略有不同啦。原来的动宾结构变成并列结构了。这一点细微的差别，读者知道一些也是可资谈助的吧。

对联的对仗方式直接继承了律诗的对仗方式，所以我们讲对仗，就从律诗的对仗说起。王力先生的《诗词格律》一书中，对对偶与对仗有深入浅出的讲述。我们下面所说的，也就是师说的引用与引申罢了。王先生说：

词（按：指的是语法中“词类”的“词”）的分类是对仗的基础。古代诗人们在应用对仗时所分的词类，和今天语法上所分的词类大同小异。不过当时诗人们并没有给它们起一些语法术语罢了（王先生自注：有时候，也有人把字分为动字、静字。所谓静字，当时指的是今天所谓名词；所谓动字就是动词）。依照律诗的对仗概括起来，词大约可以分为下列的九类。

1.名词（王先生在后面还讲到，名词还可以细分为以下的一些小类：①天文②时令③地理④宫室⑤服饰⑥器用⑦植物⑧动物⑨人伦⑩人事⑪形体。王先生还说：这十一类还不是完备的）

2.形容词

3.数词（数目字）（按：王先生在后面还讲到，数目自成一类，“孤”“半”等字也是数目。所以，我们认为，王先生讲的“数词”，包括了数词和量词。我们统称为数量词）

4.颜色词

5.方位词（按：王先生是把“数词”“颜色词”“方位词”用黑体字标出的，我们体会：这是在表明，这三类词都属于名词范畴，各是一种特殊的名词）

6.动词

7.副词

8.虚词

9.代词（王先生在后面特别注明：代词“之”“其”归入虚词）

王先生还特别指出以下各点：

数量词、颜色词、方位词很少跟别的词相对；

联绵词（王先生称为“联绵字”）只能跟联绵词相对，联绵词中又再分为名词性联绵词（鸳鸯、鹦鹉等）、形容词性联绵词（磅礴、逶迤等）、动词性联绵词（踌躇、踊跃等），不同词性的联绵词一般还是不能相对；

不及物动词常常跟形容词相对；

专名只能与专名相对，最好是人名对人名，地名对地名。

应该说明，王先生所分的九类，是参酌古今定出的，专为对仗应用而设的，从当代的语法学角度看，起码从逻辑上分类是不严格的。但是，从实际的对仗运用看，非常有用。在这里提一句，以免有的人误认为老先生犯逻辑上的错误也。

更应该说明，王先生以上所分的各类和所指出的各点，都是从最严格的对仗要求出发的。按照这样的严格要求作出的对仗，称为“工对”。没有按以上的严格要求作的，就称为“宽对”和“邻对”了。

还应该说明，上一篇中讲到的“三”“四”两点，即除非有特殊要求，便不能让相同的字词在上下联中同时出现；平仄要调匀，这两点在对仗中自然是必须严格遵守的。

工对与宽对

上面两篇，一个从修辞学的角度讲对偶，一个从诗律的角度讲对仗。从本篇开始，我们就既从诗律的角度，也结合对联的实际来讲对仗在写作中的实际运用了。

工对，就是按上一篇中所介绍的王力先生所说的和我们所补充的那些“清规戒律”，按对仗的严格要求来从事对仗的写作。也就是说：同类的平仄调谐的词连接成上下联作对语，就是工对。为了把工对的内涵再明确一番，我们不嫌重复，再把王先生在《汉语诗律学》中所定的更详细的分门别类的对仗的“种类”抄录如下（例字例句略）：

第一类：甲、天文门；乙、时令门。

第二类：甲、地理门；乙、宫室门。

第三类：甲、器物门；乙、衣饰门；丙、饮食门。

第四类：甲、文具门（包括文人用品）；乙、文学门。

第五类：甲、草木花果门；乙、鸟兽虫鱼门。

第六类：甲、形体门；乙、人事门（一部分由动词转成）。

第七类：甲、人伦门（人品包括在内）；乙、代名词对。

第八类：甲、方位对；乙、数目对；丙、颜色对；丁、干支对。

第九类：甲、人名对；乙、地名对。

第十类：甲、同义连用字（大致相似之义亦包括在内）；乙、反义连用字；丙、联绵词；丁、重叠字。

第十一类：甲、副词；乙、连介词；丙、助词。

应该说明，以上王先生所分的十一大类和若干小类是有所本的，所本的就是专门为组织作对语而编写的某种类书。此种类书大致按中国古代的“天、地、人”三才思想分类安排。较早的如唐代欧阳询等编纂的《艺文类聚》（分四十七门），虞世南编纂的《北堂书钞》（分十九门），徐坚等编纂的《初学记》（分二十三部）；再如宋代人编纂的《锦绣万花谷》（前、后、续三集及别集共达六百馀类）；特别是清代人编纂的《渊鉴类函》《分类字锦》等。各种类书的编排次序大体上差不多，也就是说，邻近的小类在各种类书中都是相距不远的，它们大体上都是按照“天、地、人”三才的顺序安排的，从南北朝起（唐代的大部分类书本于南北朝的现已失传的类书）在写作诗文时就这么一代一代往下传，各类之间的顺序，就如胡同中的老住户，谁挨着谁变动不大。在作对的时候，相邻关系只下于本身一等。王先生的分类就利用了这种约定俗成的老关系。姑且按王先生的分类为基准，那么，上述十一大类中的词语，彼此作对的，就是工对。用相邻的两类词语作对的，称为“邻对”，其工整的程度下于工对一等。再下一等的，则只要是跟前面《说对偶》一篇中讲到的构成对偶的四点大致相合的，那也不能不算对仗，当然，它们是对仗中的“宽对”矣。

工对的例子：

向月穿针易，临风整线难。（唐·祖咏《七夕》）
｜｜——｜　——｜｜—

南檐纳日冬天暖，北户迎风夏月凉。（唐·白居易《香
——||——|　||——||—　炉峰下新卜山居》）

以上是古人认为唐诗中上下联全部工对的例子。

闻有集前人句题酒家楼者，云：“劝君更尽一杯酒；
|—|||—|
与尔同销万古愁。”可谓工绝。（清·梁章钜《楹联丛话》
||——||—
卷十一“集句”）

“工绝”，就是作得极好的工对。我们这本书中，录入工对不少，请读者慢慢地观赏吧。

句中自对

词章家还创造出一种“句中自对”，就是在上下联中，上联与下联本身之中就具有自行作对的词语，有本身完全形成句中自对的，也有一部分形成自对的；然后，再与和它对偶的一方作对。这就是工对中的工对了。下面，分别举例说明。

看看句中自对的工对与宽对：

文峻若山，品清于水；

—｜｜—　｜——｜

事稽在古，贤取诸今。

｜—｜｜　—｜——

这一副联语，既是句中自对，又是上下联相对，堪称工对。

此地是杜子桥边，运司河下；

｜｜｜｜｜——　｜——｜

有时见风来水面，月上柳梢。

｜—｜——｜｜　｜｜｜—

这是清代杭州涌金门内杜桥茶馆旧联，句中自对较工，上下联则成为宽对了。

长联中应用连续的句中自对的方式，可以造成一种如辞赋中“铺陈”的效果。这种作法，可说是从剧曲和散曲中大量使用的重叠句表达形式那里学来的。先举几副长联中的重叠式句中自对的例子：

看东骧神骏，西翥灵仪，北走蜿蜒，南翔缟素，……趁蟹屿螺洲，梳裹就风鬟雾鬓；更苹天苇地，点缀些翠羽丹霞。莫辜负四围香稻，万顷晴沙，九夏芙蓉，三春杨柳。

这是昆明大观楼长联上联中的一部分，计有三组句中自对。头一组四个重叠句；第二组两个，其中共有四个分句；第三组又是四个重叠句。注意它们的领字。再看此长联的下联：

想汉习楼船，唐标铁柱，宋挥玉斧，元跨革囊，……尽珠帘画栋，卷不及暮雨朝云；便断碣残碑，都付与苍烟落照。只赢得几杵疏钟，半江渔火，两行秋雁，一枕清霜。

这是下联中的一部分，既与上联遥遥相对，又自成三组句中自对。此联作者孙髯翁。

看凤凰孤岫，鹦鹉芳洲，黄鹄渔矶，晴川杰阁，……是何时崔颢题诗，青莲搁笔？

这是清代李联芳题黄鹤楼联上联中的一部分，计有两组句中自对。一组四句，一组两句，均有领字。再看下联：

望汉口斜阳，洞庭远涨，潇湘夜雨，云梦朝霞，……都付与笛声缥缈，鹤影翩跹。

既与上联句句相对，又是与上联形式相同的句中自对。

最后，我们引王力老师题桂林月牙山小广寒楼联全联：

甲天下名不虚传：奇似黄山，幽如青岛，雅同赤壁，佳似紫金，高若鹫峰，穆方牯岭，妙若雁荡，古比虎丘，激动着倜傥豪情：志奋鲲鹏，思存霄汉，目空培塿，胸涤尘埃，心旷神怡消垒块；

冠寰球人皆向往：振衣独秀，探隐七星，寄傲伏波，放歌叠彩，泛舟象鼻，品茗月牙，赏雨花桥，赋诗芦笛，引起了联翩遐想：农甘陇亩，士乐缥缃，工展宏图，商操胜算，河清海晏庆升平。

可以看出，在四个冒号之后，有两大组相对的句中自对。一组是八句，一组是四句。

应该说，在诗文创作中，要做到每对必工是很难的，甚至可以说是办不到的。骈文和近体诗等文体中，就创造出一些在对句时句中一部分可以不必对的“但书”法则来。其中主要的，除了上述句中自对时有可以不必和应对的另一联相对的宽对之外，就是人名、地名、朝代、年号、官职称呼等，只要字数相等，在句中所占的分量不太多，例如不到一半就行（如七字中占三个），就是允许的。这也算是一种宽对。下举数例：

情词超迈高常侍；（唐代诗人高適，曾任散骑常侍）

———|——|

书法清圆赵集贤。（元代书法家赵孟頫，曾任集贤学士）

—|——||—

文章典重张平子；（东汉张衡字平子）

——||——|

居处清幽王右丞。（唐代王维曾任尚书右丞）

—|———|—

残石临丞相臣斯字；（秦始皇东巡六刻石传为丞相李斯书）

—|——|——|

名山续司马子长文。（司马迁字子长，“藏之名山”原典句出他的《报任少卿书》）

——|—||——

既然字面不成对仗，那么，平仄就得稍微讲求一些。起码两个尾字得一平一仄才是。

因为这方面的宽对太多，所以偶有对得上的，便显得突出，认为是工对了。更有专门以人名、地名组织成对的，当代征联评奖，往往出此类题。

对仗中的词汇和语法问题

这个问题，既牵涉平仄，也关联对仗。它是对联格律中一个不太为联家注重而又必须注意的问题。

前面我们已经讨论过，从现代汉语的角度看，在对仗中除了注意平仄调谐外，还必须注意语法问题。这就是指：在相对的对仗中，它们所用的词语以至句子，在构词法和句法方面要力求相同，至少是相似。

汉语的构词法中，单音词主要可分为实词和虚词两大类，这是古人相当明晰的。多音词当然也可分为这两大类，其构词法中，应用最广的是词根复合构词法，词根加前缀或后缀的构词法则是复合法的补充。下面，不嫌辞费，再把最基本的构词法和句法的类型向读者表述一番，您当熟的听就是了。有几位力能影响此书出版者，还希望笔者加上一些实例，只有照办。

复合构词法的主要类型有“并列”“偏正”“述宾（又可称为动宾）”“述补（又可称为动补）”“主谓”五大类。句法与构词法是一致的，比较简单的单句也可划分为这五大类。下面，把这几类词语各举数例：

并列类型的，如将帅，江山；松筠，桃李；锦绣，琼瑶；文武，有无；次序，栋梁。应该强调的是：并列结构类型的词语，和别种类型的词语在对仗时几乎不能通融。和某些联绵词倒还对付，如，锦绣可对琵琶；琉璃可对琼瑶。

偏正类型的，如雅人，高士；少女，健儿；云鬟雾鬓，旨酒嘉肴；青天，碧海；画栋，珠帘；筵前，窗下；笔底，毫尖。应该强调的是：此种类型结构的词语，和别种类型的词语在对仗时也几乎不能通融。

再说主谓类型的，如兔死狗烹，莺歌燕舞。与别种类型的词语搭配也极为困难，简直是不可能。

最后，把“动宾”“动补”这两种类型的词语放在一起说说。古人似乎在作对时在这方面看得较开，有时不太像当代的语言学家那样敏感。如烹茶，煮酒；放鹤，观鹅；谈玄，放火；送至，驱来。

词根加前缀或后缀的构词法比较简单，常用的不过“老”“子”“儿”“头”等几个作缀的词罢了。如“老子”可对“儿孙”。

还有几种特殊的构词法：叠音词，联绵词，以及外来语的词语翻译。叠音词大体上只能和叠音词或临时重复使用的词语搭配。如潇潇，飒飒；了了，徐徐。联绵词和并列类型的词语倒是可能搭配上。如蟋蟀，螳螂；烂漫，婵娟。

汉语翻译外来词语有多种花样：有单纯意译，单纯音译，音加意译等。

单纯意译的，如因缘（梵语hetu-pratyaya），法性（梵语dharmatā），方便（梵语upāya），有情（梵语sattva），无碍（梵语apratihata），平等（梵语sama）。这些词语中的一大部分，均已融入汉语词汇大家庭，产生了世俗性的扩大化了的新意义。可以参照上述几大类型词语，大体上能参与某种对仗就可加入。如，“因缘”可算进并列类型，“有情”可加入动宾类型。

单纯音译的，如袈裟（梵语kaṣāya），茉莉（梵语mallikā），有的加了偏旁，成为一种新型的“谐声字”了。

音加意译的，如当代词语中的卡片（英语card），卡车（英语car），冰激凌（英语ice-cream）等均是。还有些加上些限定性词语，如“胡”“洋”“番”“西”等，再用中土类似事物比附，罗莘田（常培）先生称之为“描写词”（descriptive form）的，如胡饼，胡笳，胡床，胡琴，胡椒，胡麻，西米，荷兰豆，西番莲，洋枪，洋火，等等。这些，都可大致比附可纳入的某种类型，进行对仗。如描写词，大都可归入偏正类型。

汉语词汇中还有许多简略语。如，司马迁可简称“马迁”“史迁”等。特别是在许多官职、尊称等等方面，花样极多，不及备载，也不在咱们此书应该详叙的范围之内。

汉语的成语极多，它们的构成应用了构词法和句法，没有超乎这两者之外。有人说，有例外，“乱七八糟”就是乱七八糟地堆积在一起的，无所谓构词法，也就是说，用构词法说不通。我们说，说得通。它们是三个词语并列，即乱（外表看来混乱）+七八（多而无秩序）+糟（质地腐朽，无法整顿）。它们分别从三方面来集中形容某种事物。

古人是没有我们现当代的构词法和句法概念的，但他们在实践中大致地心中有数。例如，并列型的构词法构成的词语一般是不与其他四类词语对仗的；偏正型的也不与此外三型的对仗；主谓型的也很少与其他两型的对仗。这是古人自发地理解，并且大体上在自发地执行的。特别在单音词中的某些虚词方面，古人更是十分敏感的。古人对仗，就是在这样的比较模糊的界域中进行。实词对实词，虚词对虚词，这是古人基本上做到了的。在其他的构词法和句法方面，他们没有近现代从外国输入的构词法和句法概念，比较马虎。我们是不能苛求古人的。

可是，我们当代的人具有现代化的构词法和句法等概念，就得对古人宽对自己严。特别是在参加征联时，如果不注意，很可能落选。笔者不嫌辞费，概括上述情况，贡献几条建议：

一、“动宾”“动补”尚可通融，别的最好别在对仗中配搭。此点在构词法和句法中通用。

二、联绵词在对仗中可以和并列型词语配搭。加前缀、后缀的词可以和偏正型词语配搭，特别是加后缀的更行。叠音词只能与叠音词配搭。

三、专名词如学术术语、外来语、人名、地名等，对仗稍微差点尚可，对得好则为全联生色。

四、使动用法、意动用法、名词和动词用作状语等词类活用方法，一定要努力学习运用。用好了，有画龙点睛之妙。但在参加征联评奖时，最好给自己的作品中运用此类方法的情况加上附注，以免被不甚高明的初评审阅人给刷掉。

有人建议笔者在此处说说以上几种用法。其实，读者只要参考一些古代汉语书籍，便会比我这里蜻蜓点水般只说几句明白多了。特别是王力老师的著作，建议大家多多学习。我就是从那里学来的。现在，且举出一些例证来，请大家参看吧。

使动用法之例，如齐家治国平天下，精兵简政，君子远庖厨。最后一个例子极易被人误会读过，以为是君子远离庖厨；实则君子乃那时的大人物、统治阶级的代称，他们是身不动膀不摇的，是让厨房搬走，而不是自己离开。

意动用法，如《老子》“甘其食，美其服，安其居，乐其俗”可为代表。食物不一定那么好吃，认为好吃，就是好吃了。

名词和动词用作状语，如狼吞虎咽，蚕食鲸吞；死守，根治，鸟兽散等，均是。

使动用法和意动用法等词类转变与活用，最早由我国中年早逝的优秀语言学家陈承泽先生在其传世名著《国文法草创》中提出，实为创见卓识。亦请参照。

笔者总以为，使动用法和意动用法等，容易表现出模糊性，有时甚至造成混乱。王力先生久已指出，“败之”（使动用法）、“胜之”同指一种情况。所以，当代科学著作绝不可以使用这类“词类活用”。但是，诗词曲、抒情散文以至对联等，却是应该大大的使用才是。

五、上一章内讲到骈体文和对联的关联时已经说过，虚词中，像“之”这样的有限的几个词，可以在上下联句中互对。

但是，最好不这么办。

说多了反倒无效，使人无所适从。总之，结构、外表差不多的就能对得上。只是别忘了：还有平仄相对呢！灵活运用，神而明之，就存乎于您自己啦。

第三章　学习与练习

学习与练习写对联，要从初步的打基础的练习方法开始。待有一定的水平后，再试验应用一些高级的方法来巩固与提高。

第一节　一些初步的学习与练习方法

解释一些术语

在这里，我们先把前面两章中讲过的，以及还没有讲到的一些和“对联”本身相关的术语综括在一起，不嫌辞费，再解释一番。目的是，既便于初学者搞明白一些基本概念，更有利于此后的学习。

先说对联，它有三个基本条件：一、一组平仄基本调谐的对仗的句子；二、从内容上看，共同表达一个主题；三、它是一种综合性艺术品，有载体。它与周围的大环境应该调谐。

楹联，原指悬挂在楹柱上的对联，后来发展为对所有对联的一种雅致的称呼。但是，粗俗的对联，如某些黄得露骨的喜联，称之为楹联，恐怕它就当不起了。只可还叫它对联吧。从这一点上看，对联的涵盖范围比楹联略宽。

单就对联上的文字内涵来说，可以称之为联语。大部分联语是成句的，有的还有分句，从而可称之为联句。对联的一组联句分上下，习称上联、下联，合在一起就是全联。上下联，从平仄、对仗等方面看，都是相对的，称为对句。另有一组术语：把上联称为“出句”，下联则称为“对句”。此“对句”与上下联合称“对句”的那个“对句”是两种场合下的不同概念，阅读相关书籍时，必须注意区分开。

对对子，就是组织起一对汉语语言和文字的对偶，从一个字到无数个字，只要能对得上就行。这种对偶，在诗句中称为对仗。后来在对联中也沿用了对仗这一专门性的术语。注意：光对对子，可以不必顾及是否能在意义上组成一副对联，也就是说，不一定追求非得在最后写成对联。所以，对子还不是对联，讲对对子的书和讲对联的书，严格地说是两类。清代梁章钜编著的《楹联丛话》，所录绝大多数是楹联的联语，实用于载体之上就成了真正的楹联。可是，同是他编著的《巧对录》，所录的绝大多数是对子，那是很难实用于载体上的。也就是说，那些都不是楹联，或说不是对联。但是，对对子，如果不是字词对而是成句地对，也可称为对句。当然，这里所谓的对句，也是专就内涵说的，牵涉不到载体问题。

对对子是撰写对联的基础，是写对联的基本功。但是，学习对对子不仅是作对联的基本功和基础，也是，或者说，从历史上看，更是创作中国古代格律诗、写作骈体文（包括八股文等）等诗文的基本功和基础。讲对对子的书籍，涉及古代启蒙教育中为创作诗文做准备的面很宽。

当然，我们这里主要讲的是对联，所以，讲对对子，也是环绕着作对联来讲。

读一两本启蒙的讲授对对子的书籍

唐宋以来，特别是明清两代，儿童一入学，认识了一两千字，读过几本启蒙书如“三、百、千、千”（《三字经》《百家姓》《千字文》《千家诗》的总合简称）之后，就要练习对对子了。在学习对对子的同时，学习押韵。这都是为了给以后写律诗，特别是写试帖诗做准备，同时给写八股文做准备。

讲授对对子的书籍有多种，主要的常见常用的有《声律启蒙》、《笠翁对韵》（笠翁是清初著名戏曲小说家兼大杂家李渔的字），还有《声律发蒙》《对属发蒙》《对类》等。

这种书籍大致上都是从一个字对一个字的对子开始，发展到十多个字的对句为止。从少到多，由浅入深。它们是按诗韵编排的，这就使学童在学习对对子的同时，也熟悉了近体诗的押韵。再进一步，为了学习写近体诗，特别是写试帖诗，就要经常参考《佩文诗韵》《诗韵合璧》《诗韵全璧》这类书籍。这种书籍中也附有现成的对子，当然更是按韵编排。所以，那时候的读书人，对于我们前面讲到的入声字，不管是南方人还是北方人，在他们看来似乎都不成问题。这与他们自幼熟读以上两类书籍有关。

当然，上述两类书籍主要是为作近体诗做准备的。可是，因为它们都从对对子入手，或是提供许多对对子的素材，所以古代（特别是明清两代）人讲授写对联，同时也用这种书籍启蒙。或者说，是把学习写对联和作诗放在一起处理了。我们建议：初学写对联的人，也可从这方面入手。一则看看现成的对子是什么样的，一则还可扩大自己的词汇。这种学习方式经过上千年的实践，证明十分有效。我们也应该试一试。

找现成的词语做简单的对对子练习

初学撰写对联的人，每每感到自己的词汇有限。那就无妨先做一些简单的对对子练习。从历史上看，常用而有效的方法有以下几种：

一、人名对

最简便的方法是，找一部书，将其中的人名挑出来组成工整的对仗。扩而大之，用几部书，甚至书籍目录中的著者目录、花名册、点名簿等，都可用来作这类文字游戏。但应注意：不可随意将男女人名作成对子，除非他们是夫妇。切记，切记！就是用古人名字也不行。养成了坏习惯，很难改正。

在阅读中国古代小说时，可以注意到，特别是明清的章回小说中，人物名字就经常成组成对。如《封神演义》第六十二回，殷郊的左右二将是温良、马善。《水浒传》中杜迁（千）对宋万，押送林冲的是董超和薛霸。《济公传》中两大捕头是雷鸣（明）和陈亮。此种例子不可胜数。可见对对子深入明清以来作家之心。他们所作的章回回目，也是一代胜于一代，越来越工整了。

作人名对，有时可以作成“无情对”，即字面上每个字能对上便可。在内容方面不作任何要求。实际上，人名对和我们下面要讲到的地名对，差不多都是无情对。最著名的一副人名对，可以举出“胡适之”对“孙行者”。出句是陈寅恪先生于1932年给清华大学出的入学试题。据说，全场以此为对者不过数人，其中有后来成为北大中文系教授的笔者的老师周燕孙（祖谟）先生，还有中国社会科学院历史研究所的张政烺先生等。可与“孙行者”作对句的，还有“王引之”“祖冲之”等。

因为人名对在内容方面一般不作要求，在追求对仗和调平仄方面就一定得严格要求了。单从平仄方面说，起码两个尾字得一平一仄。进一步，因为人名也就二至四字为常，最好平仄全都调谐，不过很难做到就是了。如我们在前面提过的，唐代有一位“东方虬”，自称数百年后的人们可以用他的名字与先秦的“西门豹”作对。实则从字面上看还可以，从平仄方面要求，则六个字中只有“豹”字是仄声。好在一平一仄都属尾字，勉强对付着算对上了吧。

熟能生巧，便可把几个名字连在一起作对子，还可联成句子，例如常被引用的一联：

> 蔺相如，司马相如，名相如，实不相如；
> 魏无忌，长孙无忌，尔无忌，我亦无忌。

应该说明：人名对在做练习时因为内容方面不作要求，所以对起来还容易。真正放在对联之中，可就难了。这问题在古代的骈文和近体诗等文体的创作中就很难办，结果是用妥协的办法解决：诗文中对仗的全句，只要别处作成比较工整的对仗，相对的两个人名，只要求平仄调谐便可。发展到以名对字，以名对官衔、封爵、谥号等均可；甚至可以把人名、封号等去掉一两个字，以求得对仗调谐。对联继承了这一传统。试举数例：

真人白水生文叔；

——｜｜——｜

名士青山卧武侯。

—｜——｜｜—

这是清代河南南阳府城门门楼上的一副对联。文叔是汉光武帝刘秀的字；诸葛亮逝世后谥为“忠武侯”。这一则整体属对工整，“人名对”部分，字面也是工整的，至于以字对不完整的谥号，则不必过于苛求。

上客尽知名，杜牧诗才，鲍昭赋手；

｜｜｜——　｜｜——　｜—｜｜

前贤有遗韵，魏公芍药，永叔荷花。

——｜—｜　｜—｜｜　｜｜——

这是清代扬州府衙门客厅中一联。说的都是本府衙门中发生过的名人故事，不赘述。只就人名对说一说：这是句中自对兼上下联相对的格式。上联讲前贤中的客，都用姓名。鲍照的“照”字，避武则天的名讳（武则天本名武照，后改“照”为“曌”，喻自己如日月当空），用避讳代用字“昭”替代。清代人本不必避唐代讳，这里是为了调平仄而故意使用。下联中的“魏公”指北宋封为“魏国公”的韩琦；永叔是欧阳修的字。都是在这里当过主官的。这组人名对，“公”对“叔”是调谐的，别的就马虎掩盖过去了。可见，人名对在对联中要求不严。

正因要求不严，所以有了从内涵到平仄都调谐的工对，大家就都认为特别好。陆游《老学庵笔记》卷二载，李清照撰写那一副名对：

露花倒影柳三变；

丨—丨丨丨—丨

桂子飘香张九成。

丨丨———丨—

后人都认为整体对仗工整。我们在前面已经分析过：“柳”

和“张”都是《淮南子·天文训》中记录的“二十八宿”中南方的两个星宿；“变”字与“成”字，“三变”与“九成”，都是古代音乐术语。苏轼在此前曾有过一联：

山抹微云秦学士；露花倒影柳屯田。

—丨———丨丨　丨—丨丨丨——

比起李氏的对句，工整方面就差一截子了。请读者自行比较分析可也。

二、地名对

可以从书籍中、地图中寻找配对。如按北京地名找：北海对西山，磨盘大院对烟袋斜街，东棋盘街西棋盘街对南芦草园北芦草园，等等。

还有用地名对人名的，如：陶然亭对张之洞。

清代光绪年间巴哩克杏芬女史编辑成《京师地名对》二卷，分二十类共五百馀副地名对，堪称大观。还有编辑杭州等地地名成书的，均可供参考。

三、书名、戏剧名、电影名对

鲁迅先生是书名对能手。他自己写的书，书名就两两相对。如：《呐喊》对《彷徨》，《伪自由书》对《准风月谈》，《朝花夕拾》对《故事新编》，等等。

清代沈起凤著《谐铎》，书中各则题目均两两相对，如：狐媚对虎痴，梦中梦对身外身，奇女雪怨对达士报恩，菜花三娘子对草鞋四相公，等等。

戏剧名对，如：《乌龙院》对《白虎堂》，《三气周瑜》对《七擒孟获》，等等。

电影名对，如：《车轮滚滚》对《春雨潇潇》，《试航》对《创业》，等等。说相声中的对对子，就经常用戏剧、电影名作对仗。

四、成语、俗语对

《巧对录》等书籍中录有此种对子甚多，可以参看，必要时采择引入自己的对句中。例如：瓜熟蒂落对藕断丝连；隔靴搔痒对画饼充饥；守株待兔对打草惊蛇；风吹草动对日晒雨淋；靠山吃山靠水吃水对种豆得豆种瓜得瓜，等等。

阅读“联话”等联语书籍

具备一定的属对能力后，进一步应经常阅读专门辑录对联及其故事的“联话”“联语集成”等书籍，借以扩大视野，并学习前人的经验。“联话”是辑录前人成联并加以评说的一种书籍，代表作品是清代梁章钜父子编写的《楹联丛话》及其续编《续话》《三话》《四话》。有笔者和李鼎霞点校的《楹联丛话全编》本，附载《巧对录》等，有北京出版社1996年版。当代联话不多，代表著作有香港梁羽生编著的《名联谈趣》，上海古籍出版社1993年版。

知交龚联寿教授主编的《联话丛编》，江西人民出版社2000年版，收录《楹联丛话》以下直至二十世纪前中期“联话”近四十种，其中颇有现在已难得一见的品种。龚先生还为所收各书中所有的联作做了索引，检索称便。此书除定价略高，没有别的缺点。建议有志楹联学术者，无妨买上一部。

大部头的对联集成之类书籍，虽然售价较高，可是包罗万象，属于对联百科全书性质。有志者也无妨忍痛买一部，即使不能一劳永逸，也可应用多年。据笔者所见，这样的大书有以下几部：

《中国对联大辞典》，顾平旦、常江等编，1991年中国友谊出版公司出版。

《中国对联大典》，谷向阳主编，1998年学苑出版社出版。

《中华对联大典》，龚联寿编，1998年复旦大学出版社出版。

至于专科性质的对联集成，如《春联大成》《中华名胜对联大典》等书籍，市上随时有售，也可随机购买。

总之，要常读对联专业书籍，有的要精读。

这里特别向读者推荐上海辞书出版社1994年出版的《绝妙好联赏析辞典》，此书是笔者所有的惟一一部对联鉴赏书籍，收录了优秀联作千馀首，分为六大类。每一联之后均有简要的分析欣赏文章。作者数十人，均为名宿。若是熟读此书，“不会编联也会编”啦！

必须注意的是：明清时期流行一些低级趣味的主要供小儿对对子参考的入门书，如所谓《解学士（解缙）神童斗对》之类。当代还有翻印的，有的电视剧中在引用。千万别从那里入门！那是“魔道”，绝非正道！一进门就学油嘴滑舌，耍戏人取乐，以后就不好改了。学对联，要先学讲“联德”！

第二节　集句联语

说集句

集句，就是集古人成句。集句联语是各种体裁的集句中最为流行的。从所集体裁看，有集各体文，集碑帖（也是一种特殊的集文），集各体诗，集词，集戏曲等。集俗语、成语、熟语等，按说也属于集句范畴，但往往与我们上述的人名对、书名对、戏剧名对、地名对等另列为别一类。我们这里讨论的，就以集文章和诗词曲的集句为限。

从所集范围看，则有从单一种材料中选材的，如，集名家专集，从李白、杜甫等大作家的诗文集中选材便是。集专书，从《庄子》《论语》《诗品》《华严经》等书中任何一书内选材便是；甚至从一部杂纂性质的书中选材也算，如从《易林》一书中选材（此书中的吉祥词语颇多）；还有从传世的著名的总集中选材的，例如从《文选》《花间集》中选材。还有从两种以至多种材料书中选材的。上下联只两句的，当然只能从两种材料中选；若是多于两句，比如说四个分句吧，就可以（不是必须）从四种材料中选了。这里面的花样可就多了。例如，集诗，有专集唐诗的，有唐宋诗相配的，甚至有从唐代到清代的诗随便相配的，还有集古人成句配上自己撰写新句的；集词，就更是从唐、五代、两宋之间（唐宋配明清以至近现代的少见）随意配合了。

前人常常利用集句来作为一种高级的作对联练习。做这种练习有种种好处：一则能熟悉对联作法，特别是如何巧妙作对仗，同时练习调平仄，因为近体诗的对仗和平仄是对联的对仗和平仄的基础。二则还可就此熟悉所用的材料，如利用李白、杜甫的诗句作对仗，经常使用，肯定对这两位大作家的作品会加深理解，起码是一回生二回熟。三则积累了内容多种多样的资料，需要时可以派上用场。如果自己要撰写寿联、室内外联、春联和挽联等时，这些联料就可供选择了。

明清以至近现代，明白做这种练习的好处的人很多。他们配搭出许许多多的集句联，已经发表的不少。联话和各种类型的对联集里面大多辟有专门的章节采录之。更有专书，如谷向阳、何惠琴等编著的《中国唐诗联集成》，是专门集唐诗的；集词的，则有近代邵锐编著的《衲词楹帖》等书。集句代有专家，如梁启超先生，就是著名的集词大名家。

集句作来比较困难，需要有较高深的文学素养，要有博览群书的基础。它的难点，也就是对集句的要求，主要有下列几条，今姑以最常见的集诗句为例，略作说明：

一、最好以大作家的名句配对。如用杜甫诗集中的诗句自相匹配：

闻说江山好；（《东津送韦讽摄阆州录事》）

—｜——｜

终嗟风雨频。（《通泉县署屋壁后薛少保画鹤》）

———｜—

甘从千日醉；（《白首》）

———｜｜

耻与万人同。（《敬简王明府》）

｜｜｜——

或者，用两位伟大作家的诗句相互匹配，如用杜甫与李白的诗句相对：

柳深陶令宅；（李白《留别龚处士》）

｜——｜｜

月静庾公楼。（杜甫《秋日寄题郑监湖上亭三首》）

｜｜｜——

读书破万卷；（杜甫《奉赠韦左丞丈二十二韵》）

｜—｜｜｜

落笔超群英。（李白《望鹦鹉洲悲祢衡》）

｜｜———

退而求其次，唐代诗人诗句互对，如果相对的两句诗句好，也能说得过去：

闲看秋水心无事；（皇甫冉《秋日东郊作》）

———｜——｜

静得天和兴自浓。（刘禹锡《和仆射牛相公见示长句》）

｜｜——｜｜—

实在不行，唐宋两代的诗句还可互对，前提也是要对得好。如吾师吴小如先生集联：

晚觉文章真小技；（苏轼《宿州次韵刘泾》）

｜｜———｜｜

春来花鸟莫深愁。（杜甫《江上值水如海势聊短述》）

———｜｜——

二、集句之难，难在铢两相称。所集的上下联中的句子，必须工力悉敌。不然，就好比上天平称量，轻重立判，分量差一点儿也能感觉出来的。例如，唐代诗人李贺有一名句“天若有情天亦老”，风格苍劲，气象雄浑。有人用北宋石延年的诗句“月如无恨月长圆”来作对。应该说，这就是“的对”了，再也找不出比下联这句更好的对句了。可是，下联终觉分量不足。前后两句给人的感觉不一样，凑合着压住了阵脚吧。石延年这一句诗句，本来知道的人不多，因为这一副集句联名闻遐迩，反倒借此以传。

三、书写集句联语时，常常要以附注方式将句子的出处写出。就是不写，也得防着人们询问。因此，匹配的两个（句子多时就可能在两个以上）作家的身份必须顾及。所谓“薰莸不同器”，如果相配的作家人格相差甚远，即使句子本身能匹配，好人和坏人也不宜坐在一条板凳上呀！例如，有这样一副联：

愿持山作寿；（武三思《奉和过梁王宅即目应制》）
丨——丨丨
潜与子同游。（杜甫《送韦十六评事充同谷郡防御判官》）
—丨丨——

对句本身怎样姑且不论，那武三思是什么人？我们能这样委屈“诗圣”杜甫吗！所以，最好别去翻阅那些名声不好的人的集子，不用他们的材料。

四、千万别忘了：对联上下联是一起表达一个主题的。不可只顾对仗工整漂亮，而把不相干的内容硬往一块儿拉。例如，上引武三思与杜甫诗作对一联就犯了这个毛病。又曾见有这样一副集句联：

我觉秋兴逸；（李白《秋日鲁郡尧祠亭上宴别杜补阙范侍御》）
丨丨—丨丨

君与古人齐。（李白《口号赠阳征君》）

—｜｜——

也使人觉得像是两码事，聚在一起不拢气。可见集句佳作难得，有时显得像是可遇而不可求的样子。类似情况，在相关的人名对、地名对、书名对中也有显现。例如，《红楼梦》，找何种能与此书齐名并肩的书，才能对得上它呢！从内涵方面要求，很难啊。

下面，按各种体裁的集句分述。

集诗句联语

集各体诗的，在集句中最为大宗。从渊源看，一般认为集句始于集古体诗成句为全诗，发展到北宋，逐渐以集近体诗为主，这种作法在作家中开始流行，并经大作家提倡。明代杨慎《升庵诗话》卷一中说："晋傅咸作《七经》诗，此乃集句诗之始。"清代袁枚在《随园诗话》卷七中进一步阐述："集句，始傅咸。……又作《七经》诗，其《毛诗》一篇皆集经语，是集句所由始矣。"这是从集古体诗溯源。至于北宋时集近体诗之成为风气，则有如下几条重要记录：

集句自国初有之，未盛也。至石曼卿人物开敏，以文为戏，然后大著。至元丰间，王荆公益工于此。（**宋·蔡絛《西清诗话》**）

古人诗有“风定花犹落”之句，以谓无人能对。王荆公对以“鸟鸣山更幽”……本宋王籍诗，原对“蝉噪林逾静，鸟鸣山更幽”。上下句只是一意。“风定花犹落，鸟鸣山更幽。”则上句乃静中有动，下句动中有静。荆公始为集句诗，多者至百韵，皆集合前人之句。语意对偶往往亲切过于本诗。后人稍稍有效而为之者。（**宋·沈括《梦溪笔谈》卷十四**）

与王安石同时的孔平仲亦曾集句为诗，并且赠与苏轼。苏轼就写诗赞美他这种集句方式，说：

羡君戏集他人诗，指呼市人如婴儿。（**《次韵孔毅父集古人句见赠》五首之一**）

今君坐致五侯鲭，尽是猩唇与熊白。（**同上，五首之二**）

前生子美只君是，信手拈得俱天成。（**同上，五首之三**）

真是称誉备至。从中可觇知一时风气焉。

后来逐步发展为集各体诗均可。如，集四言，主要以集《诗经》和曹操、陶渊明等人的为主。还有集“楚辞”体的。但是在集诗句成诗中都不怎么流行，恐怕是因为材料少之故。集古体诗和近体诗而成诗，特别是集近体诗中的七言诗的最多。明清两代盛行集诗，在某些场合，甚至被看作显示文才诗才的一种极好的方式。例如，清代沈起凤《谐铎》卷八“十姨庙”一则中，那十位女性知识分子各集七律一首，以为唱和，就是一个逞才炫学的典型例证，用来反衬出同坐的男性草包之无能。文繁不赘引，请有兴趣的读者自行参看。

集句联语，就是从集句诗发展而来的。集诗，一般追求集成律诗，要的就是中间那两联。可是得八句才能成诗，也不太容易集成并集得好呢。集联，从集诗的角度看，只集一联，可就简易多了。

集近体诗诗句的，成果最多，也最容易落好。因为近体诗主要就是五言、七言二体，每一体的平仄就那么几种安排，所以，集句时调平仄很容易。这是一。近体诗中，《全唐诗》连补遗，存诗不下五万首，除去古体诗不算（其实，集句时，古体诗也能和近体诗的诗句搭配），近体诗起码还存有三万多首，北宋以下则更多，材料足够用的。这是二。从古及今，近体诗的内容涉及面十分宽广，除了工业化和当代革命化等内容（当代诗人也开垦了这块处女地）外，古代近体诗中无不写到了。这一点，和词曲，特别是和词比较一下，就可看出近体诗的园地是如何宽广了。用来搭配撰写各种内容的集句，如寿联和喜联，挽联，门联和行业联，等等，无不得心应手。这是三。近体诗集句为集句联之正宗，盖无疑义。近体诗集句的成联记录也最多，请阅览各种联话联书，还有专门集近体诗的著作，均不赘述。这些都足供参考并从中变化取材。这是四。

现在，取几副近体诗集句成联，略观其实用范围：

文章辉五色；（李白《溧阳尉济充泛舟赴华阴》）

———｜｜

心迹喜双清。（杜甫《屏迹三首》之一）

—｜｜——

这副联是可以赠与文学家的。

汲古得修绠；（韩愈《秋怀》之五）

｜｜｜—｜

开怀畅远襟。（褚亮《临高台》）

——｜｜—

这副联是可以赠与研究中国古代学术的中老年名家的。

深情托瑶瑟；（贾至《长门怨》）

——丨—丨

逸气凌青松。（李白《送长沙陈太守》）

丨丨———

这副联可以赠与音乐界人士。

白雪任教春事晚；

丨丨丨——丨丨

贞松惟有岁寒知。

———丨丨——

这两句都是集元好问的诗句，上联出自《寄答飞卿》，下联出自《寄谢常君卿》。此联很适合赠与年老的经历过世事艰难又坚持个人理想的女性，特别是老年比丘尼。给有以上经历的老年女性作挽联也很合适。笔者就曾借来挽原北京市卫生局副局长、中国农工民主党的一位老领导人李健生先生。用作挽联的优点是，一洗悲啼哀怨之气息，是两个庄重沉稳的比喻。

近体诗中存诗最多的大名家是陆游，“六十年间万首诗”是他自己的粗略统计，包括古体诗在内。他的诗，内涵覆盖面宽广，慷慨激昂、优雅恬静等各类型的全能找到。因此，专门集陆游诗句的很多，成果发表的也不少。因为他的诗句多，似乎还能有发掘的馀地。

例如，北洋政府时代，章士钊是政界名人，杨小楼是京剧泰斗，有人寻开心，悬赏，出题目：把他们两位作成集句联。居然有集得挺好的：

> 小楼一夜听春雨；（陆游《临安春雨初霁》）
>
> 丨—丨丨——丨
>
> 孤桐三尺泻寒泉。（陆游《闻虏乱代华山隐者作》）
>
> ———丨丨——

集的都是陆游的诗句。“孤桐”是章士钊的号。“小楼”这一句是名句，用在此处还起双关效应。相比之下，“孤桐”作对句稍差。

杜甫和李白、李商隐、苏轼、黄庭坚，大概已经被大家伙儿“挦扯”得差不多啦。清末民初，青年人喜爱龚自珍诗文的不少，集龚诗也是一时风气。其中最为优秀的一联，拙见当推冰心先生年轻时所集：

世事沧桑心事定；（《己亥杂诗》第149首）
｜｜———｜｜
胸中海岳梦中飞。（《己亥杂诗》第33首）
——｜｜｜——

此联由梁启超先生书写，冰心先生后裔至今珍藏。它必然会成为联史上写作俱佳的名作之一，永垂千古。

集诗句，以往全凭记忆与翻阅诗集，事倍功半。现在有了许多古籍索引，就好办多了。当代又有人——例如中国社会科学院文学研究所栾贵明同志等位——将《全唐诗》中的几十位大名家诗集全文输入电脑，做成软件，同时将其中一部分诗集索引印制成单行本书籍，检索十分方便。首都师范大学电子文献研究所尹小林同志也制成《国学宝典》光盘，包罗古籍千百种。北大中文系李铎同志领导做成的中文数据库，规模庞大，不断扩展。还有如《四部丛刊》光盘等带检索功能的多种光盘。如果把这样的索引都利用起来，从字词和句式等方面进行选择搭配，极可能在短时间内编制出大量集句。有兴趣的同志无妨一试，比在电脑上玩打麻将、打桥牌等游戏强多了。附带说一下，《诗经》《楚辞》虽然也都有字词索引，但集起来很不容易。即以《楚辞》而论，笔者所见，以鲁迅先生从《离骚》中所集一联为最佳：

望崦嵫而勿迫；

｜———｜｜

恐鹈鴂之先鸣。

｜—————

集词曲联语

我们在前面已经说过，集诗句比较容易，因为诗的平仄格律较为简单，就是那么几种。特别是在集近体诗时，不过是把格律相同或相近的两句移到一起成为对子罢了。主要考虑的是对仗。所以，诗句对仗的海洋十分广阔。集词和集曲则困难重重。它们都是长短句，有的还带衬字。各种词牌、曲牌对平仄、押韵的要求可谓五花八门，可用来作成对句的材料范围甚窄。因此，集词曲常常是勉强凑合着出成品，工对甚少，平仄调谐合律的也不多。

下面列举的是我们认为对仗好的集词联，先举郭沫若集毛主席词所成的联语：

江山如此多娇，飞雪迎春到；　（《沁园春·雪》和
———｜——　—｜——｜　　《卜算子·咏梅》）
风景这边独好，心潮逐浪高。（《清平乐·会昌》和
—｜｜—｜｜　——｜｜—　《菩萨蛮·黄鹤楼》）

接着再举集古代人所作词曲的：

双桨来时，有人似桃根桃叶；（姜夔《琵琶仙》）
—｜——　｜—｜———｜
画船归去，馀情付湖水湖烟。（俞国宝《风入松》）
｜——｜　——｜—｜——
冷香飞上诗句；（姜夔《念奴娇》）
｜——｜—｜
流莺唤起春醒。（吴文英《高阳台》）
——｜｜——
更能消几番风雨？（辛弃疾《摸鱼儿》）
｜——｜——｜

最可惜一片江山！（姜夔《八归》）

｜｜｜｜｜——

吹皱一池春水；（冯延巳《谒金门》）

—｜｜——｜

能消几个黄昏！（赵德麟《清平乐》）

——｜｜——

可以看出，各联中平仄不合处甚多。前面我们已经说过，梁启超先生是集词成联的大家。他所集的成品，集中在他的全集最后的《苦痛中的小玩意儿》一文中。请有兴趣的读者自行参看，不赘引了。

集戏曲中词语的，看来更难。这样说的根据是，到现在，从各种联书的记录中，没有找到几联特别好的。下面略举几联如下：

愿天下有情人，都成了眷属；

｜—｜｜——　——｜｜｜

是前生注定事，莫错过姻缘！

｜——｜｜｜　｜｜｜——

上联出自王实甫《西厢记》，下联出自高明《琵琶记》。此联原来悬挂在杭州西湖月下老人祠堂内，脍炙人口。别处的月下老人祠堂也有照抄的。但是，大多忽略了它的出处。

千种相思向谁说；

—｜——｜—｜

一生爱好是天然。

｜—｜｜｜——

上联用《西厢记》，下联用《牡丹亭》。铢两相称，从内容到对仗都非常漂亮，又显得很雅致，使人几乎不想去追寻它原来是写给何种身份的人了。

还有一副匹配得简直可说是匪夷所思的联语，也让我们抛撇开它的赠与目的和对象，且观赏它的集句意匠，特别是关合得极好的地点吧：

此地有崇山峻岭，茂林修竹；

｜｜｜——｜｜　｜——｜

则为你如花美眷，似水流年！

｜｜｜——｜｜　｜｜——

上联取自王羲之《兰亭集序》，下联出自《牡丹亭》。

集文辞联语

由于实行科举制度，旧中国的读书人对“四书”“五经”都很熟悉，自然而然地就用来作集句联语。此外，用《诗品》、《文心雕龙》、前四史、诸子、《易林》、唐宋八大家的名作等书籍中的句子进行搭配的也不少。明清到近代，集成的联语极多。有编成专书的，有采录在各种联话中的，请有兴趣的读者参看。在这里，仅举一些不出于经史的吉祥美好的集联，聊供参照：

福喜上堂，与欢饮酒；
丨丨丨— 丨—丨丨
庆贺盈户，使君延年。
丨丨—丨 丨———

此联可用作春联。

喜至庆来，鼓翼起舞；
丨丨丨— 丨丨丨丨

名成德就，拱手安居。

——｜｜　｜｜——

此联可赠与离退休老人。

五方四维，平安无咎；

｜—｜—　———｜

万欢千悦，喜庆大来。

｜——｜　｜｜｜—

此联可用于各种节庆场合。

以上三副联，均集自《易林》。还可以集成许多四字短联，如：“移居安宅；驾游大都。”“天下悦喜；君子仁贤。”“游观沧海；飞入大都。”等等。这部书里的吉祥词句确实不少，可以搭配使用。

妙机其微，是有真宰；

｜———　｜｜—｜

远引莫至，忽逢幽人。

｜｜｜｜　｜———

红杏在林，幽鸟相逐；

—｜｜—　—｜—｜

可人如玉，清风与归。

｜——｜　——｜—

明月雪时，金尊酒满；

—｜｜—　——｜｜

风日水滨，碧山人来。

—｜｜—　｜———

以上三副联，均集自司空图《二十四诗品》，都可作室内联或点缀名胜园林。

《十三经》中各种经书，现在每一种均有字词引得，还有综合性的句子索引《十三经索引》。前四史也都有字词引得。先秦诸子也都有字词引得或索引。汉代以下的名著，编有字词索引的也不少。例如《论衡索引》《文选索引》等。利用这些工具书和前述的各种光盘，编制集句不难。顺便说一句：原哈佛燕京引得编纂处所编的Index称为“引得”（音兼意译），现由上海古籍出版社影印出版。别处所编的Index称为索引（现通用此种意译）或通检（中法汉学研究所编纂的用此种意译），其实都是Index或Concordance（字词索引）的一种汉译。笔者经常使用的就是尹小林先生编成的可以随意检索的《国学宝典》光盘，找不着的（如陆游的集子就没有），则向北大的李铎同志咨询。

集句的前程，看来是越来越广阔与光明了。

碑帖集句与集字

碑帖集句与碑帖集字（简称集字），都是利用现成的碑帖拓片，从中选出字来搭配成联语。但是，集句集的是碑帖中现成的句子，属于集句范围。集字则只是挑出碑帖中原有的字，不按原来的字句，任意搭配。它不属于集句范畴，但是，因其无所归依，一般联语书籍中都附着在集句中叙述。

碑帖一般字句不多，又很难与别的碑帖配伍，因此，集句很难，成联极少。下面只举上海豫园一笠亭联，乃清代陶澍所作：

游目骋怀，此地有崇山峻岭；
—｜｜—　｜｜｜——｜｜
仰观俯察，是日也天朗气清。
｜—｜｜　｜｜｜—｜｜—

这是集王羲之《兰亭集序》，集成这样，就算很不容易了。对于此联的平仄，也就不能要求太高啦。附带说一下：一笠亭在豫园内大假山之旁，所以陶澍以“崇山峻岭”来比拟，实则说此假山是槐安国的崇山峻岭还差不多。可见集碑帖中的字句真是不容易呀！

集字，一则所集是大书法家的名笔，省得书联者自己献丑。二则比集句自由得多，可以一个字一个字地找寻，任意搭配，所以联家从事集字以备不时之需者不少。可是，如我们下面将要讨论到的，一种碑帖拓片的字数不一定很多，周转的馀地也不见得很大。这是集字先天不足之处，无法为之弥补的。清代梁章钜编著的《楹联丛话》卷十一，论及集字者多处，今引数则。其中一则云：

> 陈曼生郡丞有集《三公山碑》字一联，云：
>
> 老屋三间，可蔽风雨；
>
> ｜｜——　｜｜—｜
>
> 空山一士，独注《离骚》。
>
> ——｜｜　｜｜　——

又一则云：

柳诚悬所书《玄秘塔铭》，雄伟奇特，最宜于作楹联。有集字成句者云：……

穷经安有息肩日；

———｜｜—｜

学道方为绝顶人。

｜｜——｜｜—

再一则云：

颜鲁公《争座位帖》字不及寸，而拓作大字，则有雄伟之观，胜于临摹他迹。近有集帖字为楹联者，语亦岸异不群。七言云：……

清时盛治人同仰；

——｜｜——｜

名世高文众所师。

—｜——｜｜—

……八言云：……

立德立功，居之以敬；

｜｜｜—　——｜｜

友直友谅，尊其所闻。

丨丨丨丨　——丨—

再一则云：

王右军《兰亭序》字，执笔者无不奉为矩型。近人有集字为楹联者，亦自巧思绮合。五言云：

畅怀年大有；

丨——丨丨

极目世同春。

丨丨丨——

……七言云：……

遇事虚怀观一是；

丨丨———丨丨

与人和气察群言。

丨——丨丨——

八言云：

毕生所长，岂在集古；

丨—丨—　丨丨丨丨

闲情自托，亦不犹人。

——｜｜　｜｜——

再一则云：

怀仁《圣教序》，本集右军遗字而成。近复有集序中字作楹帖者，古雅可喜。五言云：……

云霞生异彩；

———｜｜

山水有清音。

—｜｜——

……七言云：……

松涛在耳声弥静；

——｜｜——｜

山月照人清不寒。

—｜｜——｜—

再一则云：

欧阳率更书《醴泉铭》，字最方整，临作楹帖尤宜。

有集字成联者，七言云：……

一室图书自清洁；

｜｜——｜—｜

百家文史足风流。

｜——｜｜——

再一则云：

室临春水幽怀朗；

｜——｜——｜

坐对贤人躁气无。

｜｜——｜｜—

此姚姬传先生（鼐）集《禊帖》字联。……

以上引了这么多，目的是请读者仔细看一看，从中看出集字的困难：

首先，它必须集的是某位大书法家的某一篇文字，如上举绝大多数都是出自一帖便是。起码也得像怀仁的集字成《圣教序》那样，集某位书家的某一体书法。不然，字体可就不一致啦。

其次，碑帖上的字一般都不大，而楹联上的字则要求放大。明清时代，一般采用两种办法中之一：一种是把拓片竖起，前面放上照明器具（如灯笼），再在墙上安放白纸，调好距离，拓片上的字影落在白纸上，再进行勾勒。高手做得好就能乱真。另一种是基本上采用临帖的方式，那也得高手才行。清末，西方印刷术传入中国，影印时放大缩小不成问题，像有正书局等出版业就大量制作这种影印楹联。当代荣宝斋、朵云轩等经营木版水印的单位，干这样的活计则更上一层楼矣。不过，这也提醒集字者：所集的字要禁得起放大才行。梁氏在上引的《楹联丛话》这一卷中，也曾就此讨论过：

敬客所书《王居士砖塔铭》，乃褚派也。近人喜学之，姿态横生。惟以作大字，则规模稍有不足。

他的意思是，用这样的帖作底本放大，差一点。

最后，从前两条限制看，能作集字底本的碑帖拓片不多。每种拓片或某位书法家留下的同类字体碑帖上的不同的字，不会太多。至多也就是比《千字文》多一些罢了。因此，拼凑时可供选择的回旋馀地不会太大。集字成联者首先得考虑连缀文字成为一组可以作对仗的句子，也就是首先考虑文义。至于平仄，除了两个尾字必须一平一仄以外，别处势难兼顾，也就得马虎一些啦。我们看上面所引的那些集字联，全联平仄调谐者极少，可为我们这一条的说法作为证据。

那么，为什么还要集字？答案可能有两个：一个简单，就是迎合某些人爱好大书法家法书的心理。另一条也不复杂，就是制造假古董骗人。试分析下举数例：

> 康五者，都门卖估衣家（**按：就是卖成品衣服的**）也。诙谐善谑。以廉值买得一古联，纸色黑暗而无题识姓名，其句云：“青璪花轻重；银桥柳万千。”廉玉泉秋曹过而
>
> —｜——｜ — ｜｜—
>
> 爱之，断其为文衡山（**按：就是明代大书法家文徵明，他的书法在清末已经很值钱了**）之笔。适铭东屏大令乘款段出宣武门，廉呼而示之曰：“此待诏墨宝也。”铭大哂曰：“此廊坊戴本义之作伪，以药水染纸，遂似数百年物耳。实不值百钱也。”廉不能平，大相诟詈，一市粲然。康和解之，廉卒以三千买归。（**《楹联四话》卷五**）

这位廉先生肯定是上了大当。不过原作伪者胆子也不算大，还没有敢代替文徵明写上下款，只是做旧了，您看着办，看是谁写的就算谁写的，也就得算是愿者上钩吧。廉先生所以上当，

大概就因为此联是集的文徵明的字，还极可能是临的呢。过去先慈拥有的我祖父收买的、外家积存的这种对联好几十副，包括赵孟頫、董其昌、文徵明、唐寅等大书法家的，应有尽有，尽是冒牌货。我看全是临的。倒是几副华世奎所书，真迹无疑。这些在“文化大革命”中均被抄走了，落了个“一片白茫茫大地真干净”。

下面再看需要比较深入分析的《红楼梦》中的两副室内联。

第五回中，描写秦可卿的卧室：

入房，向壁上看时，有唐伯虎画的《海棠春睡图》。两边有宋学士秦太虚写的一副对联。其联云：

嫩寒锁梦因春冷；

丨一丨丨一一丨

芳气袭人是酒香。

一丨丨一丨丨一

按：“袭”字，有些版本中作“笼”，平仄合律。

第四十回中，描写探春的卧室：

一时吃毕，贾母等都往探春卧室中去说闲话。……凤姐儿等来至探春房中，只见他娘儿们正说笑。探春素喜阔朗，这三间屋子并不曾隔断。……西墙上，当中挂着一大幅米襄阳《烟雨图》，左右挂着一副对联，乃是颜鲁公墨迹。其联云：

烟霞闲骨格；

———｜｜

泉石野生涯。

—｜｜——

东边便设着卧榻。……

尽人皆知，唐代到北宋，根本就没有室内联流传下来。秦可卿卧室中那副联，肯定是假古董。但因这一回的描写象征意义很强，所以人们不太把这副联当真。可要是和探春室内的那副联合在一起看，探究它们的真假，就能使我们得出如下的认识：首先，贾府（注意：不是作者曹雪芹）上下的文物鉴定水平简直不行，比民国初年的某些暴发户军阀强不了多少，肯定让詹光、单聘仁他们与古董商里应外合，骗走金钱不老少。其次，这些假古董对联大约都是集字而成。这一点著者曹公不会不明白，所以他对探春室内的联以"墨迹"二字概之，反正"假作真来真亦假"，读者自己去鉴定吧。至于秦可卿室内那副联，则是用的浪漫派粉饰室内环境的办法，使读者在朦胧中自己咂摸去。连那幅唐伯虎的画，是真是假，也就与其他室内摆设合在一起，让您去想想这是怎么一出戏啦！曹公真乃神来之笔也。最后，曹公用的虽是假古董，一联之微，却说明了室内主人的身份、爱好、精神世界等多种问题。例如，探春的性格、爱好，以及她作为一个虽有相当高的文化水平，却很缺乏文物鉴定常识（也包括贾府大小主子）的少女的精神世界，通过那一副联语揭露无遗。秦可卿卧室的整体布置，令人想象明末清初淮扬与南京秦淮河高级妓女与“瘦马”房间内的陈设。那可不像官宦家庭少奶奶的卧房啊！泣鬼惊神笔一支！《红楼梦》真乃中国小说中环境描写的典范之作，令人叹为观止也。

近代文人游戏中，有一种“诗牌”，即是拟出若干单字来，大略如小儿识字用的字块，一字一块。几个人像打扑克牌那样出牌，以联成一句或一首诗定胜负。方法多种多样。其实，集字就可用此法：买一本售价便宜的字帖，剪成字块，大家打牌，以集字成联赌胜负。那就能很快地编出大批联语来。一本编完，再编另一本。常编常新，比玩扑克牌或打麻将的文化意蕴要高级多了。若是确定主题，譬如这一次玩儿，是给某个大型新建筑如宾馆、旅游景点配若干室内外联语，那还能产生社会效益呢。

曾记得业师吴小如先生审查笔者“集句”这一节的旧稿时，认为“集字”已是过去的事。言外之意，就是不必如此浪费笔墨详细讨论。老师的意见非常对。可是，当代有新的情况出现。例如，弘一法师留存大量写经墨迹，且经多次影印流传；启元白（功）先生和赵朴老（赵朴初先生）也有大量手迹并经影印行世，赵朴老留存的写经影印本也多。即以寺院集联而论，我曾经建议一些新修整的寺院，与其花大钱请书法家撰联写联，还不一定合适（因为兼通以至精通佛法的书法家不是最多，可能说不到点子上），还不如从弘一法师撰写的《华严集联三百》等影印本中寻找相应的联语，就用以放大应用。有的寺院，特别是文物系统管理的，为了节约、省事等缘故吧，采取了拙见办理。我没有想到，浅见会被聪明人扩大化使用了。我随喜某寺院时，偶然见到自己撰的联语赫然镌刻在联柱上，但没有写撰联者姓名（谢天谢地！），下署书法家却一为启元白先生，一为赵朴老，而且倒填年月（因为我作联时朴老已故）。我对于干这活计的人士着实佩服到家啦！佛家是不打诳语的，一定出于外来人之手也。

第三节　话诗钟

诗钟

诗钟是近代文化人文娱活动的一种。它是在限定的短暂时间内，限定的特殊条件下，创作七言对句的一种文字游戏性质的活动。

为什么称之为“诗钟”呢？据说，在出题以后，把点燃的香横放着，香根上系根线，线头坠个铜钱，下面再放个盘子。香着到那里，把线烧断，铜钱落在盘子里，发出钟鸣一般的声音，说明时间已到，必须交卷，因此称为“诗钟”。这是从古代的“刻烛赋诗”“击钵催诗”等作法发展而来的。当代已经用闹钟来代替了，计时更精确，也更合乎“钟”的原意。也有怕催紧了作不出来的，干脆不限时啦。

如何限定条件呢？方式甚多，总的可分为两大类，一是不要求嵌字的，一是要求嵌字的，都称为“格”，都用一副七言对偶句组成。

不要求嵌字的，又可分为“合咏格”“分咏格”两种方式。

合咏格，又称专咏格，就是用一副对偶句咏一种事物。如以“傀儡”为题，佳作有：“一线机关何太巧；两般面目总非真。”以“伏波将军马援”为题，有:“越国战功横海大；汉庭家法寡恩多。”此格（有人认为指所有诗钟）在清代嘉庆、道光年间诗钟初兴时又称作“分曹偶句”或“雕玉双联”，从而可以看出它和律诗的传承关联。

分咏格，又称单咏格，上下句各限咏一个事物，这两个事物最好毫不相干、毫无关系。如以“李清照”和“辘轳”为题，佳作有:“漱玉千年传绝调；回环九曲似柔情。”以“夕阳”和“蜻蜓”为题，佳作有:“杨柳楼西红一抹；藕花风外立多时。”

嵌字格是诗钟里最常用来出题的另一大类。这一格有专门名称，叫作“嵌珠”，这是把嵌字比作往首饰上嵌明珠。嵌字格的另一个更常用的名称是“折枝”，有人说，诗钟的格式如从律诗中摘取一联而成，好像从树上摘取花枝；又有人认为“折枝”取义于中国画的“折枝花卉”。“折枝”这个名称，在应用中又有广狭不同的理解。广义的，认为折枝就是诗钟（包括合咏与分咏）的代称，狭义的则认为仅指嵌字格。还有人认为定时交卷的才能叫诗钟，不限时间的（在当代的吟社中越来越多）则只可称为折枝了。且说，诗钟嵌字格的变化很多。由于要求嵌的字数不同，从一个到七八个的都有，也由于要求嵌字的位置不同，与不同的字数组合起来，变化极多。再加上各家对一种格可以采用不同的称呼，这样一算，据说称呼即专用名词术语就有千馀种之多了。当然，一种安排使用多种术语称呼者颇多，实际上没有那么多，常用的大约只有十馀种，又以嵌二字者为常。所嵌的字称为“眼字”，简称为眼。试举如下：

分嵌于上下句的头一个字的，称为“一唱”，还有些文雅的名称如“凤顶”“鹤顶”“虎头”“冠顶”之类。如“相，减”一唱，佳作有：“相思旧句吟红豆；减字新词谱木兰。”

——||——|　||——||—

嵌第二个字的称为“二唱”，文雅的名称有“燕颔”“凫颈”。如“童，秀”二唱，佳作有：“牧童解唱全天籁；闺秀

|—||——|　—|

能诗亦国风。”

——||—

嵌第三个字的称为“三唱”，文雅的名称有“鸢肩”“鸳肩”。如“官，座”三唱：“何逊官梅诗兴动；孔融座客酒

—|———||　|—|||

狂多。”

——

嵌第四个字的是“四唱”，又称“蜂腰”。如“铁，师”

四唱："匣中顽铁称良友；闺里严师拜细君。"

|——|——|　—|——||—

"五唱"，又称"鹤膝"。如"前，大"五唱："敢信今

||—

甜前日苦；岂容我暖大家寒。"

——||　|—|||——

"六唱"，又称"凫胫"。如"寒，大"六唱："梅花虽

———

瘦无寒相；松子初生便大材。"

|——|　—|——||—

"七唱"，又称"雁足""坐脚""鱼尾"。如"白，南"七唱："一声天为晨鸡白；万里秋随朔雁南。"

|——|——|　||——||—

必须说明：眼字，一般是随便翻字典之类书籍找到的。两个字最好是一平声一仄声。这平仄是以古代写近体诗的平仄为准的。清代为了给科举考试定出标准，颁布了《佩文诗韵》，此后，写对联和打诗钟调平仄均以此为准，与我们当代普通话的平仄很不一样。这一点必须牢记并遵行。好在当代的大型字词典如《辞源》《汉语大词典》等在每个字下面都注明声韵，一查便得。要说的是，从一唱到六唱，如果抽到的两个字全平

或全仄，一般也不再换字，而是以在句中“拗救”“不犯孤平”等办法去补救。简单地说，就是在句中总是让两个至三个平声字或仄声字联在一起（句尾除外），而与之相对的另一句，则是尽可能地用平对上句之仄，用仄对上句之平。当然，七唱押在句尾，两字非一平一仄不可。

三个字以上的嵌字格，变化繁多，只可举数例以概其馀：

“碎锦格”，又称“碎联格”，就是用三到七八个字，任意嵌入两句之中。其中，四字的称“四碎”，五字的称“五碎”，如此类推。这是最常用的一种多字格，当然是字嵌得越多则越难作。如以“何草不黄”为题：“黄花何日堪留醉；碧

———｜——｜　｜

草如烟不解愁。”以“一二三四天地人和”为题：“四围人影

｜——｜｜—　　｜——｜

三弓地；一阵和风二月天。”有的诗钟研究者把专嵌成语熟语

——｜　｜｜——｜｜—

摘句（如上述的“何草不黄”）的称为碎锦，而把随意嵌字的称为碎联。如上述的“一二三四”八字联就是碎联。

“双钩格”，即将四个字（常为固定的词组、术语、成语之类）分别嵌入两句之首尾。如以“木天清品”为题：“木难

｜—

火齐千金品；清簟疏帘六月天。”

丨——— 丨　— 丨—— 丨 丨 —

更有分咏加嵌字的，如分咏“管仲”“嫦娥”，限“不，长”三唱，佳作有：“射钩不死仇偏相；窃药长生盗亦仙。”

丨 — 丨 丨 —— 丨　丨 丨 —— 丨 丨 —

还有限集古人诗句的，如分咏“新科翰林”“聋子”：“一朝选在君王侧；终岁不闻丝竹声。”均为白居易诗。

丨 — 丨 丨 —— 丨　— 丨 丨 —— 丨 —

集句再加嵌字，更加难作。佳作如“女，花”二唱：“青女素娥俱耐冷（李商隐）；名花倾国两相欢（李白）。”“漠，班”七唱，集杜甫句：“一去紫台连朔漠；几回青琐点朝班。”

— 丨 丨 — 丨 丨 —　——— 丨 丨 ——

丨 丨 丨 —— 丨 丨　丨 —— 丨 丨 ——

诗钟与对联

诗钟与对联有相似之处，也有区别。严格地说，诗钟并不是一种特殊的对联。搞清楚这一点很有必要。二十世纪八十年代初前后，已故挚友萧豹岑学长投一篇介绍“诗钟”的稿件给《百科知识》杂志，编辑照登不误，只是把题目改为“对联”啦！萧兄跌足，说是怕明白人笑话。我说，事已如此，将来咱们设法挽回吧。这次在拙作中故意引用了萧兄那篇文章里举的一些例子，借以说明此事。

对联的字数不定，从一个字到几百个字随意，只要对得上，按说多少字全行，这是一点；对联上下联必须共同表达出一个意思来（无情对等除外），这是又一点。以之与诗钟比较，诗钟只是七字对（个别的有五字对）；上下联除合咏外，一般都是意思无连属的，倒有点像无情对了。还有重要的一点：对联的应用性很强，经常用途大致有二，一是室内外带有中国特有民族文化性质的装饰联，一是如寿联、喜联、挽联之类的应酬性质的实用联。诗钟却是一种文化游戏，绝少写成装饰联性质长期悬挂的。所以，诗钟不是对联。可是，在字句追求对偶方面，两者要求相同。因此，对于创作对联的人来说，可以把打诗钟作为一种高级的（相对于蒙童入门的学作对子而言）磨炼属对能力的方法。合咏更与命题作对联一样。嵌字也是对联中常见常用的一种方式。所以我们认为，要想作好对联，无妨经常做一些诗钟形式的练习。这是从写对联的角度看问题。爱好诗钟和经常正规打诗钟的人可能就不这样想，会认为，我们仅仅把它当成一种练习方式来看，是看低了它。

作对联，一般是以个人单独创作为主；打诗钟，却经常采用集会结社进行比赛的“吟社”形式定时集体进行。这就便于共同提高，并且造成一种群众运动的气氛，有利于诗钟活动的经常性开展。不像搞对联，常常只在春节前后结合征联闹一阵，也缺乏面对面的切磋。为了这两项活动的进一步顺利健康地发展，把它们办成群众性经常性的活动是十分必要的。诗钟结“社”的方式很值得总结经验，以便进一步推广，特别是向对联也结社做经常性活动方面推广。

对联的形成，大体上可以追溯到五代时期；诗钟则大致是清代嘉庆、道光年间在福建地区首先创造发展起来的。它们都与近体诗中的律诗有着密切关系，可以说，都是律诗的旁系子孙。律诗是中国汉语系统文学独创的一种文学体裁，肯定属于文学范畴。对联和诗钟呢？有人说它们也属于纯正的文学范畴，笔者期期以为不可。因为它们的创作着眼点，主要放在文字技巧特别是对偶的应用方面，带不带文学范畴的艺术性，则常常考虑较少。诗钟更是把追求文字技巧放在首位。把对联与诗钟列入语言学系统的范畴，似乎更合适一些。或者可以这样说，对联和诗钟的作品里面，艺术性强的，作为文学作品来看，也未尝不可；可是从理论的高度来观察，恐怕将这二者总的归入语言学系统，再向文学靠拢为宜。确定了这一点，对它们纳入中国人文学科十分必要。《中国大百科全书》的中国文学和语言学两卷，就都没有对联和诗钟的词条。看来是把它们当成蝙蝠，鸟类与兽类都忘记收留它了。对联和诗钟的作者与研究者必须努力提请学术界注意这两门才是。办法之一，恐怕是得先要求投靠一家，不可一仆二主。与其投靠文学而受指摘，说队伍中艺术素质差的太多，不如死心塌地奔语言学而去，那里从修辞学等方面来考察，是无法拒绝加入的。归属已定，再向文学那里挂钩，取得双重身份，就是水到渠成的事了。

归根到底，自力更生，以自己的实力与呐喊来求得学术界的注意是最要紧的。包括笔者写这篇文章，目的之一也是为此。一门学术，长期不被列入学科之内，或者无所归属，终非了局。呐喊不能空喊，要有理论水平地喊，要能数典而不忘祖地喊。还得大家齐心合力搭伙干，成立自己的组织。这就得成立学会之类组织，同时培养并出现自己的理论家和史家。对联的全国性组织有中国楹联学会，专家不少，二十多年来开展的活动相当多，已经立定脚跟，并在全国各地成立了许多地方性组织，如今已大有燎原之势。诗钟的情况较差。“文化大革命”中，羯鼓声高，和弦音寂。“拨乱反正”以后，中国社会科学院历史研究所的熊德基先生（1913—1987）首先在《学林漫录》九集（1984年中华书局出版）上发表了《漫谈诗钟》一文，起到了恢复的先导作用。北京最近又出现了诗钟研究家王鹤龄先生，王先生从1995年起，发表了多篇有关诗钟的文章；在此基础上，出版了《风雅的诗钟》一书（2003年台海出版社出版）。福建的老一代专家如杨文继先生更印行了《匕竹折枝摭谈》（1995年个人印行，供友人传阅）。这都是改革开放以来的新成果。说到组织，则中国楹联学会下属的华夏诗钟社和中国俗文学学会下属的诗钟研究会都正在积极活动。说到社团，则福建的吟社大，人员多，活动不断；北京现在也有几个社在经常活动；前几年，大连的诗钟爱好者出版了专门的刊物。看来，诗钟的复兴之日也不远啦！

第四章　春联

从这一章开始，我们按照通行的分类方式，按类分述各种联语的常用撰写方法，以及对联的书法、载体、与环境的关联等问题。

第一节　春联写作综说

春联是农历春节时必然要张贴的对联。存在期限为一年，必换，常新。通行于民间，一定要用红纸书写。有用暖色纸如洒金笺、桃红虎皮宣纸等书写的，多半用在室内，文人墨客习用。据说清宫内习用白纸书写春联，朱家溍先生对此有过说明。从载体的角度看，春联属于粗放型，一般用不着装裱，贴上便了。写作时必须相度门框等张贴处的尺寸大小以决定字数和字体大小。

春联的群众性很强，表现在诸多方面。一般用楷书书写，最多加点行书、魏碑体，为的是让人一看就明白。写钟鼎篆草各体的极为少见，那都是文人墨客的精神寄托，一般用在室内，“只可自愉悦”，持赠他人者不多。

春联既是对联的一种，撰写时就得遵守写对联的一般规律。这些规律不多，也不难学。一般性的只有四条，我们在前面的综叙中已经大致说过，现在再结合春联的具体情况，简单重复一下：

一、上下两条称为上联、下联，字数必须相等，合成一副。春联一般不署上下款，所以要特别注意：别贴倒了。为防止倒贴，春联的尾字总是上联为仄声，下联为平声。过去把春联贴倒了犯忌，“文化大革命”后很不讲究，贴倒了的特别多。舍下自己不贴春联，常有送来代贴的，往往贴倒了。有人揶揄我说：“你还算楹联学会的什么‘顾问’呢，这样贴法，笑话大了！”我说：“人家好心好意送来，辛辛苦苦给贴上了，咱们切切不可逞能！横挑鼻子竖挑眼的，大过年的，闹个大家不愉快。”这一点，希望与读者共勉。

二、从修辞学角度看，构成对联必备条件的是对偶辞格。也就是说，上下联要用语言结构相同或类似的词语句式，两两相对。对联就是相对的上下两联。可是，用同义词或近义词作对，在作对联的不成文规矩中是不允许的，行话称为“合掌”。这一点，创作春联时确是经常要注意的。吉祥话就是那几句，说来说去就说到一块儿去了。如“兴伟业”对“展宏图”等等，多少都犯这个毛病。这是撰写春联的一大忌，切应避免。可是，市上印制出售的春联，往往犯这个毛病。大春节的，只要写的是吉祥话儿，咱们也就别多说了。

三、从音韵学角度看，上下联必须调平仄。上下联相对处的两个字，一般来说，最好是平对仄，仄对平。也就是说，上联是平声字，下联一般要用仄声字来对。这里面有许多讲究，限于篇幅，不能详细谈了。可是有两点一定要说明的：一是两个尾字一定要上联仄声下联平声；二是如果做不到每组相对的字都能平仄调谐，至少也得大致过得去。

四、春联中常用的字，有的古今平仄不同，切宜注意。如“福”字，当代普通话读阳平，属平声；可古代读入声，属仄声。“住宅”的“宅”字，与此读法相同，在古代也读入声。“发财”的“发”字古代也是入声字。这样古今平仄不同的字还有很多，不能一一列举，需要随时注意，遇有疑问，就翻阅《辞源》《汉语大词典》等注明古代平仄的辞书可也。

第二节　春联写作的主要方法

春联的作法，经过近几百年的经验积累，也已形成定式。从内涵上要求，一定要写出开春的喜气洋洋、吉祥如意、兴旺发达。还应点明春节时令。作法呢，历史上形成的，主要也有这么几种：镶嵌法、即景称颂法、结合时事法。下面分述。

镶嵌法

镶嵌法又称嵌字法。就是把本年或结合本年与上一年的干支、属相（生肖、地支）、公元数字等嵌入上下联中。一般的对联作法之类的书籍对此常列有专篇。还有编成专书的，如梁石编的《十二生肖新春联》等便是。作这类嵌字联，需要注意的是：

第一，由于所嵌的字一般非对嵌不可，而这些字有时偏偏是两个平声或两个仄声，造成作对的困难。补救办法是：甲、除了不能更动的嵌字外，其他自由选用的词语，尽量做到平仄调谐。乙、切忌把平仄不调的嵌字用在句尾。特别是在上下联中各有两个或两个以上的分句时，有的作者就忘记了各分句的相对尾字也要调谐了。聪明的办法，是在开头先把要嵌的字给使了，下面就灵活方便了。

第二，生肖中，有的给人的印象不佳。如鼠和蛇最难办，狗和猪也不好办。办法是尽量避免在字面上出现，或用地支取代，或用相关典故。作好了，常能败中取胜，颇见巧思。

下面列举的都是用嵌字法作的春联样联例。有的是我们作的，没有使用，我们就讲讲不用的缘故。

1.嵌干支例

先举出白化文和李鼎霞作的春联应征稿件，供读者一粲：

白化文作的“甲戌”年春联：

甲蔬春盘迎上日；

丨————丨丨

戌年晓旭丽中天。

丨—丨丨丨——

甲蔬，鲜嫩的蔬菜。春盘，据《燕山夜话》中“今年的春节”一条云：“什么是春盘呢？它是用芹菜、韭菜、竹笋等组成的，表示勤劳、长久、蓬勃的意思。”上日，农历年初一。

李鼎霞作的“乙亥”年春联：

乙夜联成金马署；

丨丨———丨丨

亥年春泛木兰桥。

丨——丨丨——

本联首嵌“乙亥”。上下联的第三字嵌“春联”。合为“乙亥春联”。乙夜：古代计时法，以二更时分为乙夜，约当现代计时法的22时。金马署：西汉时国家藏书处。《〈两都赋〉序》：“内设金马、石渠之署。”此处借指国家级大图书馆，如北京大学图书馆。木兰桥，据晋时习凿齿所著《襄阳耆旧传》载：“木兰桥者，今之猪兰桥是也。刘和季以此桥近荻，有蕺菜，于桥东大养猪。”

李鼎霞作的“丙子”年春联：

塞北雪光莹，丙明五色辉元日；

丨丨丨——　丨—丨丨——丨

江南春意动，子夜清歌唱四时。

———丨丨　丨丨——丨丨—

雪光，杨万里《晓泊兰溪》：“日光雪光两相射。”丙明，扬雄《太玄·从中至增》："盛哉日乎，丙明离章，五色淳光。"范望注："丙，炳也；……言日炳然明朗。"元日：正月初一。四时：春、夏、秋、冬四季。《子夜四时歌》创自南朝，盛行于江南。其《春歌》之四："温风入南牖，织妇怀春意。"

李鼎霞作的"丁丑"年春联：

丁方桃版迎元日；

— — — | — — |

丑地春牛送大寒。

| | — — | | —

这是一副嵌"丁丑"两字的春联。其中词语典故含义是，丁方：四方。桃版：桃符。《燕京岁时记》："春联者，即桃符也。"丑地：东北偏北方位。《鸡肋编》卷上："季冬之月，立土牛六头于国都郡县城外丑地，以送大寒。"此土牛又名"春牛"，《东京梦华录》："立春前一日，开封府进春牛入禁中鞭春。"

以下列举自戊寅年（1998）后十几年的干支联，大多是旧联，仅供参考用。这些都是从旧联书中抄来的，间有新作。六十干支都有成联，其中引用相关的典故，我们顺便注出。目的是，和读者一起研究是否可利用旧瓶装新酒。当然，最好是推陈出新。

己意推人，能近而譬；

｜｜——　—｜—｜

卯门启瑞，得春之和。

｜—｜｜　｜———

庚星预祝初三夜；

——｜｜——｜

辰律能生十二时。

—｜——｜｜—

光耀东方，庚星孕李；

—｜——　——｜｜

春回南亩，辰日种瓜。

———｜　—｜｜—

辛勤成大业；

———｜｜

巳位定中央。

｜｜｜——

辛盘献颂歌元旦；

——｜｜——｜

巳日陈诗宴小楼。

丨丨——丨丨—

壬林献颂；

——丨丨

午院迎春。

丨丨——

《诗经·小雅·宾之初筵》：“百礼既至，有壬有林。”朱熹《诗集传》：“壬，大；林，盛也。言礼之盛大也。”

癸岁永和晋人作序；

丨丨丨—丨—丨丨

未央长乐汉瓦留文。

丨——丨丨丨——

癸父作铭商鼎篆；

丨丨丨——丨丨

未央长乐汉宫春。

丨——丨丨——

甲帐锦屏仙客接；

丨丨丨——丨丨

申菽香草美人怀。

—丨—丨丨——

甲帐，汉武帝所造“以居神”的镶嵌珠宝的帐幕。元代萨都剌《蕊珠曲》有“锦屏甲帐蕊珠新”之句。申菽是一种香草。《淮南子·人间训》：“申菽，……美人之所怀服也。”高诱注：“申菽，……皆香草也。”

甲第云屯鳞比接；

丨丨———丨丨

申宫日暖宴居如。

——丨丨丨——

乙杖燃藜勤夜读；

丨丨———丨丨

酉秋省敛乐丰年。

丨—丨丨丨——

才骋乙思，奇文共赏；

—丨丨—　——丨丨

阳生酉仲，暖气初回。

——丨丨　丨丨——

丙象朱明耀；

｜｜——｜

戌年赤壁游。

｜—｜｜—

丙舍迎祥，青阳昼暖；

｜｜——　——｜｜

戌年作赋，赤壁风清。

｜—｜｜　｜｜——

丁岁勤修，敢疏暇日；

—｜——　｜—｜｜

亥年纪算，克享高龄。

｜—｜｜　｜｜——

壮士丁年，高抟鹏翼；

｜｜——　———｜

老人亥算，长享鹤龄。

｜—｜｜　—｜｜—

戊尊同聚饮；

｜——｜｜

子舍克承欢。

｜｜｜——

己身当立志；

丨——丨丨

丑腊运回春。

丨丨丨——

庚日拜师勤学始；

—丨丨——丨丨

寅宾平秩授时新。

———丨丨——

辛盘献瑞迎新岁；

——丨丨——丨

卯饭生香乐有年。

丨丨——丨丨—

2.嵌数字例

以下所举各联作者，凡我们查到的，都注明了。

一代英豪，九州生色；（出句）

丨丨—— 丨——丨

八方锦绣，四季呈祥。（对句）

丨—丨丨 丨丨——

这是1984年全国迎春征联一等奖作品，作者翟鸣放。要求在全联四个分句的开头嵌入“一九八四”四字。

3.兼嵌数字与干支例

一市九衢，辛盘璀璨重光岁；

丨丨丨一　一一丨丨一一丨

九瀛一统，未雨绸缪两岸心。

丨一丨丨　丨丨一一丨丨一

这是白化文为北京电视台《金色时光》栏目所作的1991年新春征联示范。兼嵌“一九九一”“辛未”六字，还要在上下联中相对。辛年别称“重光”。“九瀛”，古代指中国大陆九州与环绕其外的瀛海，此处借喻中国大陆与台湾地区和南海诸岛等大小岛屿。“未雨绸缪”用的是廖承志《致蒋经国先生信》：“岁月不居，来日苦短，夜长梦多，时不我与。盼弟善为抉择，未雨绸缪。”此信是那一年所写。

4.嵌生肖例

下一例春联为1997年北京迎春征联获一等奖联，作者唐克强：

鼠毫健笔书成福；

丨—丨丨——丨

牛角深杯酒酿春。

—丨——丨丨—

再看一例：

闻鸡起舞；

——丨丨

跃马争春。

丨丨——

这是1981年《羊城晚报》迎春征联一等奖作品，作者童璞。

又一例为白化文所作暗藏生肖春联：

白望逍遥迎首祚；

丨丨———丨丨

青曹振迅奔前程。

——丨丨丨——

据《西京杂记》载：茂陵少年李亨好驰逐，鹰犬皆制佳名。狗有“白望”“青曹”等号。“首祚”是大年初一。

5.嵌字例

所嵌的字，一般都是出对者提出的。

李鼎霞参加京酒谜联大赛征联。要求：鹤顶格，嵌“京”“酒”二字：

京城放眼安居好；

——｜｜——｜

酒肆飘香薄醉宜。

｜｜——｜｜—

更有要求特殊的，如保险公司要一副春联，特为老年夫妇而写的，要嵌入“老年保险”四个字。这就难了。因为春联中最忌讳使用不吉利的字眼，“险”字就是个不吉祥的字。白化文用“诗钟”作“碎联格”的办法，即把要求嵌入的四个字字序不限地分别嵌入上下联中，勉强完成了这一任务：

福婚老作连环保；

｜—｜｜——｜

年帖新成险韵诗。

—|——||—

这副春联中嵌入的字，可以组成“老年保险”“新年”“新婚”“福年”“福婚”等词语。据段宝林、武振江所编《世界民俗大观》载，结婚七十周年称为“福婚”。这个词生僻些，可是“金婚”“银婚”虽习用，“金”“银”却是平声字，严格地说，不宜与“年”字对仗，所以只能忍痛割爱了。宋朝，由翰林或其他文人写作以庆贺新春为内容的短诗（多为近体诗七绝、五绝），进呈宫中。到立春那天剪贴于门帐上，称为“春端帖子”，简称“春帖”。李清照就曾干过这差使。明朝宫廷有类似的作法，改称“年帖”，从年初就开始使用。“险韵”是生僻少用难押的诗韵。李清照《念奴娇》词云：“险韵诗成，扶头酒醒，别是闲滋味。”真有点如释重负的悠然感觉。写罢一副这样的嵌字春联，又何尝不如是呢！

可是，正如我们前面所说，嵌入“险”字很难，弄得不好就会出现不吉利的字里字面，所以我作完了样联以后，就利用工具书检索能和此字上下关联的词语，看是否能有个好结果。结果是，适应范围太窄，能这样作出的联语不会很多。大家也看不懂，需要加注释说明。就连我自己，也是查工具书才作出来的呀！因此，我劝告主办者，放弃这种作法。这一联就作废了，未能嘤鸣求友焉。

即景称颂法

即景称颂法，就是展望将要到来的阳春丽景，或以瑞雪红梅的冬景作陪衬，再加上吉祥字样，形成发皇气象。

1996年北京市新春征联获奖联：

朝阳芳草地；

———｜｜

春雨杏花天。（集北京地名）

—｜｜——

紫燕春风寻旧主；

｜｜———｜｜

红灯瑞雪映新门。

——｜｜｜——

1997年北京市迎春征联一等奖，作者戴兰斋：

好雨知时芳草碧；

｜｜———｜｜

春风得意紫荆红。

——｜｜｜——

此联巧用“紫荆红”点明香港回归，既即景又双关时事。

郭沫若集毛主席诗句，有一联似用作春联：

梅花欢喜漫天雪；

———｜｜—｜

玉宇澄清万里埃。

｜｜——｜｜—

旧联语中，经常结合的春节风物是梅花与爆竹，但平庸之作多。兹将别出新意的两联列举如下：

遥闻爆竹知更岁；

——｜｜——｜

偶见梅花觉已春。

｜｜——｜｜—

此联为道观春联。对仗工整，平仄调谐，具有世外人气息。

十年宦比梅花冷；

丨一丨丨一一丨

一夜春随爆竹来。

丨丨一一丨丨一

相传左宗棠于除夕微行，看见一户人家正往大门门框上贴春联，当时匆匆走过，只见上联。回衙门后，想想上联够“冷”的，作为春联，下联怎能“热”起来，很成问题。于是派人去抄录，所得下联如上所录。这下联真是“逆挽”得好，把春节气氛给找回来了。一问，这是一位候补多年的官员所写，赶紧给他派差使。

结合时事法

结合的应是吉祥喜庆大小时事。就是采用上一年发生的或预料本年度将要发生的喜庆的事作内容，远至国际国内，近至家庭个人，都可以写。要显示出向前看和前程大好的洋洋喜气来。

现举李鼎霞所作1997年春节应征春联为例：

寰中大议扬旗鼓；

——｜｜——｜

港九重规焕斗牛。

｜｜——｜｜—

寰中：指中国国内。唐代王勃《拜南郊颂序》："寰中殊域，奉三灵之康泰。"殊域则指国外。大议：指中国共产党第十五次全国代表大会。《汉书·循吏·黄霸传》颜师古注："大议，总会议也。"旗鼓：军中号令。《左传·成公二年》："师之耳目，在吾旗鼓。进退从之。"重（chóng）规：本义为日月同圆。魏晋间人成公绥《天地赋》："星辰焕列，日月重规。"引申义有：①两代国家领导人功业相继；②重新规划；③谐音"重归"。斗牛：二十八宿间之斗宿与牛宿。斗牛之间经常为天际之中，与地面世界寰中地域相当。又，1997年为牛年。

第三节　撰写春联应注意之处

必须提请注意的是：旧社会一些不得志的人，常借写春联发牢骚骂人，对联书籍中也有记载。在我们新社会中，这种写法不可取。大过年的，何必自己找不济呢。也举表面上尚不明显，实则内含怨气的数例。

《楹联丛话》卷十二载有清代朱彝尊在北京罢官前后脍炙人口的春联两副：

> 除夕署门联云："且将酩酊酬佳节；未有涓埃答圣朝。"
>
> 丨—丨丨——丨　丨丨——丨丨—
>
> 脱尽名士习气，而未尝不传诵于时，所谓言以人重也。又罢官后，集句为门联云："圣朝无弃物；馀事作诗人。"
>
> 丨——丨丨　—丨丨——
>
> 其实，"诗人"二字，尚不足以尽先生耳。

这两联都是集句。"且将"句，出自杜牧《九日》诗，"且"字在大多数版本中作"但"；"未有"句，出自杜甫《野望》诗；"圣朝"句，出自杜甫《客亭》诗；"馀事"句，出自韩愈《和席八十二韵》诗。朱氏的怨气还是很委婉地表达出来的，所谓"怨而不怒"。而且用集句，便于向古人推卸责任，手法很聪明。

向义《六碑龛贵山联语》卷十三"春符"条：

李苾园宗伯家居日，值岁除更换春符，适门人张营普侍坐，因嘱撰句。张拟：“天锡公纯嘏；臣受国厚恩。”
—|——|　—|||—
十字。宗伯欣然书之。后有告以下句为曹植语，意含愤懑者，公亟令撤去。

《楹联丛话》卷十二又载有引用《柳南随笔》（按：此书为清代王应奎撰）的一段话：

昆山归元恭先生，狂士也。家贫甚，扉破至不可阖，椅败至不可移，则俱以纬萧缚之。遂书一扁曰“结绳而治”。又除夕署其门楹云：“一枪戳出穷鬼去；双钩搭进富神来。”
|—||—||　——|||——

《楹联三话》又引宋小茗《耐冷谈》中一则：

同里王扶九年老，就幕粤西，为某县延征比一席。除夕戏书楹帖云：“白发萧然，看他人儿女夫妻，千般恩爱；
||——　|———|——　———|
黄金尽矣，数此日油盐酱醋，百计安排。”诘朝主人入馆
——||　|||——||　||——

贺岁，见之恻然，赠以千金并舟车之费，送其归里。寿终于其家。

这一则的结果可算是最好的了。

以上所举，大体上属于温柔敦厚、怨而不怒类型。至于旧社会中文人常写的嬉笑怒骂文章，就不再列举了。我们是新社会中人，要有欣欣向荣的发皇气象，不可无病呻吟，自找无趣。

第五章　实用性对联

前面已经谈到过，可以归入实用性范畴的对联，应具有两大特点：一是张挂的时间短，时效快而短暂；二是对载体的要求可低可高，一般不高。实用性对联都是用在人际关系方面的，现在尚在社会上通用的主要有喜联、寿联、挽联三大类。

第一节　喜联

喜联，特指祝贺新婚的对联。顾名思义，喜联一定要有喜气，要写成喜气洋洋才好。新中国成立前办喜事，不论新式旧式还是新旧相兼，都时兴送喜联。如果是在外面借地方——例如在饭馆子里行礼，更得凭仗张挂喜联以壮声势。新中国成立后新事新办，大多赠送生活用品，切合实用。可是礼品雷同者多，有收到二三十个暖瓶的，很难处理。现在大家的生活水平大大提高，追求文化品位，流行赠送书画、书籍、文具等物。其实，新房内悬挂几副喜联，很能增添喜庆气氛，建议有此方面爱好和能力的同志试试。

喜联的作法

喜联的作法，经过几百年的创作，渐渐形成一定的思路。通行的各种对联书上都录有示范佳联，以为楷式。从作法上看，大致地说，可分以下几大类别：

第一类：切年、月、日和时令，特别是切月份和时令。这是因为切年太宽泛，切日又太狭窄，只有切月份和时令比较适中之故。但须注意，对联书中所录成联，所切的大多是阴历月日，采摘变通使用时要化老调为新词。再者，关合时令时，最好带上些形象性。兹举祝贺秋季结婚的一副旧联，供变通时参考：

酒熟黄花合卺；

｜｜——｜｜

诗题红叶同心。

———｜——

下联六个字，只一个仄声，未免太孤单。

第二类：切新婚夫妇双方的姓氏，最好是姓名。在此先要说一说与姓氏联和姓名联相关的两点：

一点是把姓氏切入（即暗中点出）或嵌入对联，本不限于喜联，而是常用于门联、厅堂联，以含蓄的方式向来访者表达住户的姓氏、郡望。据说，我国南方某些小村镇仍保留这一古老传统，全村镇住户大门上写刻的门联全都含有本户姓氏的典故，使明眼人一望而知，这也可算作一种地方特色吧。姓氏对联成联，各种联话常辟专篇辑录。还有专书，如笔者所见，有谷向阳、何慧琴编著的《中国姓氏对联史话》，其中颇有可供采摘，略加变化，便可编作喜联者。新中国成立后，因为大门的门联越来越少（尤其是在城市中），因此，厅堂联（特别是个人住户的客厅或书房联）和喜联，几乎成为切姓氏的代表性对联。下面仍举一副旧联为例：

修到梅花成眷属；

—丨———丨丨

本来松雪是神仙。

丨——丨丨——

此联切女方姓氏“林”，用宋朝林逋“妻梅子鹤”故事。切男方姓氏“赵”，用赵子昂号“松雪道人”之典。四字合成“神仙眷属”。

再一点是嵌入男女双方姓名，一般只能在喜联中方可。在中国古代诗文、词曲以至对联、诗钟等所有的文体中，凡用人名作对偶之处，有一个不成文的法则，即严禁用一男一女的姓名对偶，以免引起种种不必要的误会。当代有人主张打破这个界限，笔者是保守派，以为写文章好比在宽阔的海洋中行船，何必非得往暗礁上撞呢！可是在一双男女是配偶的时候，那就非对偶不可啦！用人名作对偶，从古代骈文、近体诗等开始，对于对仗的要求都比较宽。只要平仄能调谐，特别是尾字平仄一定得调谐，字义方面一般就不作要求了。例如：郑逸梅老先生《艺林散叶》第174页上载有：

杨云史娶狄美南，有人赠诗云：“江东才子杨云史，

——— | —— |

塞北佳人狄美南。”

| | —— | | —

字义上就很难要求了。当然，字义上能成的对的，即使能

对上三分之二的，如东方虬自称可以用他的名字与西门豹作对仗（其实是舍去三分之二的平仄调谐）。可是，月下老人系红丝的时候，偏偏忘记了把两口子的姓名也作成对仗，这就给联家造成困难。办法之一是应用诗钟式的将姓名或名字分开嵌入之法。我的老师吴小如先生就是此中“圣手”。试举吴先生所作两联为例：

贺谢蔚明续弦（按：夫人名从美）

晚花蔚作秋明色；（按：“晚花”暗点中年续弦）

｜—｜｜——｜

新燕从归奂美家。

—｜——｜｜—

贺谢蔚明、汪玉兰结婚（按：谢氏第二次续弦）

蔚明瑎之美，载言载笑；

｜———｜　｜—｜｜

玉兰诺于成，宜室宜家。

｜—｜——　—｜——

我们说吴先生是“圣手”，意思是说，撰写这样的联，容易陷于轻佻或纤巧，吴先生的联却显得落落大方，具有长者的襟怀气度。这是才、学、识三者的合一，关乎素养，不是一般联家所能企及的。

第三类：从新郎新娘的某种特色、特点、关系等入手。范围看来比较宽泛，创作时却是要确切点题。注意措辞要得当。仍举旧联为例：

绿华偏重词人笔；

｜——｜——｜

红烛初修学士书。

—｜——｜｜—

“绿华”典出南朝梁代陶弘景所著《真诰·运象》，讲仙女萼绿华“夜降”羊权家，赠权诗一篇，后经常往来。下联用南宋吕祖谦故事：相传他在新婚的一个月内，乘兴完成研究《左传》的论文集《东莱博议》，《四库全书总目提要》等书已经考证出这个故事乃是流俗所传之误，可是不妨碍成为新婚典故。“红烛”切新婚。此联中用此二典，切女方学的是文学，男方学的是历史，十分贴切。

撰写喜联应注意之处

结婚是人生大事，应当郑重其事，欢欣鼓舞。写喜联是为了表示贺喜、祝福，一定要出于尊重和真诚，写出喜气和吉利。切不可由于某种疏忽甚至玩笑不拘，而写出令新人尴尬、没面子的对联，破坏了吉祥喜庆的气氛。所以，一定要注意用语得体，把握分寸。撰写喜联应注意之处，提出以下三点：

一、如果和新婚夫妇的关系较深较好，有时结合他们的恋爱史等稍作雅谑，借以衬托喜庆气氛，是可以的。但玩笑不能开得太大，更不可犯“黄”“粉”等低级下流令人作呕的毛病。这一点正是某些青年人常常忽略的，有时甚至贤者不免。如《楹联丛话》中记载，纪昀给一家姓牛的朋友送的喜联：

绣阁团圞同望月；

｜｜———｜｜

香闺静好对弹琴。

——｜｜｜——

上联用“吴牛喘月”典故，下联用“对牛弹琴”故事。看似无伤大雅，搞不好就会大伤感情。再看《楹联丛话》中一例：

鸳鸯从小曾相识；

———｜——｜

鹦鹉前头不敢言。

—｜——｜｜—

这是赠给娶表妹的聋哑人的喜联。在我们看来，拿残疾人开心，在别人大喜的日子里拣不爱听的话说，实在很不应该。似此种联语，在某些对联书籍中，有时录作一笑，实为恶札。初学者千万不可偏爱这样的东西，更不能仿效。所谓做人要有道德，作文要有文德，撰写联语也要有联德，指的就是这些方面了。

二、不要在无意中将某些引发忌讳的字词带入联中。例如：

绝代《艺蘅词》，三岛客星归故国；

｜｜　｜——　—｜｜——｜｜

传家《爱莲赋》，百花生日贺新郎。

——　｜—｜　｜——｜｜——

这是祝贺梁启超先生长女梁令娴女史与周先生结婚的喜联。梁女史编有《艺蘅馆词选》，自日本归国结婚。婚期在阴历二月十五日，是为花朝节，相传为百花生日。“传家《爱莲赋》”点明新郎姓周，并双关“爱怜”的新人如高洁的莲花。但此联有个大问题：一开头就用了“绝代”二字，上下联首字又是“绝”“传”。容易使人双关性地误解为“绝了后代”“绝了传人”，颇不吉利。

三、旧社会中，送喜联往往从“多男子”方面祝愿。不但轻视女性，而且与当代计划生育国策不符。千万别从旧联语中套用这类词汇与典故。

最后，也得说说喜联的载体。从颜色上说，当然得用鲜艳的，如粉色和红色。可是红色不发墨，显不出黑色的字来，这是需要注意和想点办法的。从装潢上说，“秀才人情纸半张”是不行的，得装裱得像个样子。注意装裱衬托的纸或绢也不能用冷色的，还不能与主体靠色。这些，一般的装裱工人全都知道的，但要叮嘱一声，以免事后推卸责任。有刺绣联，属于高级工艺品，新婚时定为新房增色，可过后又不能老挂着，再送他人也不行，变成了包袱。所以，最好别送这种大包袱。

常见老联话中提出，喜联佳作极少，能对付着看，没有过大的毛病，就算不错。笔者谨记此种经验教训，不太敢涉足写作喜联领域。偶尔写一两副，殊不见佳。兹录出为我爱人的娘家侄女李永卫与杨军同志结婚所写的一联：

五色瑞云期诞凤；

｜｜｜——｜｜

双飞春燕共衔泥。

———｜｜——

真真很一般。上联用典两处，《陈书·徐陵传》：“母臧氏，尝梦五色云化而为凤，集左肩上。已而诞陵焉。” 《旧唐书·郑肃传》：“仁表文章尤称俊拔……自谓门第、人物、文章具美，尝曰：‘天瑞有五色云，人瑞有郑仁表。’”不过是祈祝他们生个好孩子。下联则祝愿他们建成一个好家庭。可说非常一般。可就因其一般化，能够移用，我的老学长王禹功说，我也有晚辈结婚，借我使使。我说，好好，谁使用都行。

我献丑录出此联，目的也是要说明，喜联好的少，而且容易流于一般化。这就更能反衬出前面所引的吴小如先生所作之超妙了。

第二节　寿联

寿联是对联中的一大宗，是一种喜庆的联类，当代还在小范围内使用。近年来，特别在高级知识分子集中之处，如高等学校中流行。但是，比起新中国成立前的盛行，从数量上看，当然就少得多了。究竟时代变了，撰写和赠送寿联显得有点“老派”了。

寿联的内涵与写法

新中国成立前很流行祝寿。大约从“三十而立”开始，就做整寿啦。新中国成立后，毛主席曾提倡过不给领导人祝寿。二十世纪七八十年代以来，比较流行的是给名流学者做整寿。整寿，就是逢十的寿；有人逢五也做，但一般不这样做。综观二三十年来，除去“文化大革命”及其前后的十多年不算，比起新中国成立初的十多年，寿联在社会上的应用频率上升。可是应用范围比新中国成立前要狭窄得多了。一则大致在文化圈内，比起新中国成立前例如随便哪位老太太或大掌柜的做寿（特别是在饭庄子里办）都要来上几副的，收缩的程度很大。二则新中国成立后中国人的平均寿命大大延长，由四十来岁提高到七十多岁。当代，似乎到六十岁才勉强有做整寿的资格。学术界大规模公开的祝寿会，一般已提高到八十岁了。这就影响到我们下面所谈的寿联内容的问题。

古代，“人生七十古来稀”，不但祝寿的岁数提前到三十岁，对“寿星”寿数的期望，一般在恭颂时只就现有岁数往上加到一倍多，也就是了。例如，三十岁的，往“古稀”上说；四十岁的，往耄耋（八十岁、九十岁都可以算数）上靠；五十岁则是“百龄上寿，如日方中”矣。新中国成立前，为一个人庆三十整寿，就祝他“寿登期颐（一百岁）”，还有七十年呢，未免太长。当代则祝寿年龄越来越高，早已突破或说相当于古人的极限。所以，再用古代庆寿套语，千万别安错了。一位老先生庆八十大寿，还祝他“古稀”，这不是折寿十年吗！《北京晚报》载，一位老先生，年龄已超过九十，有人祝他“寿登期颐”，老先生大为恼火，说：“这不是说我活不了几年了吗！”这都是新情况，促使我们推陈出新，不可泥古。

再则，古代对一些具体数字的用法，有其约定俗成的特定涵义，我们当代人下笔时要审慎地理解清楚再用。例如，“百年”是指人逝世；“百岁”则常用于“长命百岁”，为小儿出生后一个阶段的祝贺惯用语。还有，旧社会祝寿常着眼于子孙满堂，所谓“多福，多寿，多男子”，现在看来，一则不合计划生育国策；二则老人觉悟早已提高，未必喜欢，极可能认为讽喻自己成就不高。时移代换，老一套的写法不行了。

“对联作法”和“联话”“联语集录”等类书籍中，搜集的寿联很多。经常按两种方式集录：一种是按男寿、女寿、双寿（夫妇一起祝寿，最好是夫妇同龄）、自寿这四类分别辑录；再一种是按时间，或按时令，分十二个月，按节气或纪念日（有细到某日的），或按整寿年龄，从三十整寿开始。这两种方式常混合编排。这些现成的资料，颇可供我们参考。当然，必须灵活变通，化腐朽为神奇，使之为我所用。

成联评议

下面，举几副从这类书籍中选出的例子，略加说明：

十一月十一日；

| | | | | |

八千春八千秋。

| —— | ——

此联引自《楹联四话》卷三：“刘金门侍郎凤诰才思纵横，涉笔成趣。有人以佳纸乞寿联，值其据案作书，遂问：‘生在何

时？’答以‘十一月十一日’。即书此六字于纸。其人怒甚，不敢言。侍郎复问：‘若干岁？’答曰：‘八十整寿。’遂复书曰：‘八千春八千秋。’其人乃大喜，称谢而去。”我们知道，《庄子·逍遥游》中的“上古有大椿者，以八千岁为春，八千岁为秋”乃是后世祝寿者常用的典故。此联结合鹤顶格（上下联二首字嵌字）用之，既嵌“八十”整寿，又点明生日月日，生年月日俱全，看似简易，实为老宿神来之笔。此联平仄异常失调，所以乞联者一看上联全是仄声，认为无以为继，气得不得了。全仗下联内容救驾，实乃“英雄行险道”，初学者万不可如此涉险也。

张伯驹先生《素月楼联语》卷一：

> 甲午后，李鸿章极为清廷所倚重，以大学士兼直隶总督。在任时，值其七十寿辰，各方争送寿联。李必亲自寓目。一日，联将挂齐，李命其差官：“须留一位置，尚有一联未到。”差官问何人联，李曰：“翁尚书也。”午后，翁同龢联到。开视，为五字联：“壮猷为国重；元气得春先。”
>
> 丨—丨丨丨　—丨丨——
>
> 盖李生日为立春前二日，故云。

按，光绪亲政之初，“宰相合肥，司农常熟”，李、翁二人并秉国钧。翁氏以帝师之重，又兼状元老才子，李氏在各方面都要看看他如何表态，怎样表态。也就是说，从政治和艺术两方面看看他的寿联究竟如何。可见，撰写寿联不宜轻易，首先，要权衡对方、己方、各方当时态势。当然，能有些预见性，留下一些伏笔以为来日道地，那是最好不过的了。其次，要尽可能驰骋凌云健笔，立言既得体又有很强的艺术性。张先生已经指出此联下联点明生日，而上联“壮猷”语出《诗经》的《小雅·采芑》：“方叔元老，克壮其犹（猷字的同音假借）。”以“元老”目李氏，于自谦中寓大臣气魄。全联厚重雄浑，不愧老才子之誉焉。

下面举两副现代名人撰写的寿联。一副是：

无忧惟著述；

———｜｜

有道即功勋。

｜｜｜——

这是张大千集清初广东著名诗人屈大均的诗句，祝贺陆丹林五十岁寿辰的对联。郑逸梅评论说：“大气磅礴，见者无

不叹为大手笔。”（《艺林散叶》第4321则，中华书局1982年出版）

另一副是冯友兰寿金岳霖八十八岁生日联（1982年10月）：

道胜青牛，论高白马；

｜｜——　｜—｜｜

何止于米，相期以茶。

—｜—｜　——｜—

“青牛”用老子骑青牛的典故，此处借代哲学；“白马”用公孙龙子论“白马非马”的典故，此处借代逻辑学。这两门学术都是金先生深入研究了一辈子的。用“胜”“高”二字，以表学术水平之超群绝伦。“米寿”和“茶寿”都是在日本很流行的拆字庆寿花样，近来在中国知识分子中也有推广的模样。“米”字拆开是“八十八”，而“茶”字则是“八十八加二十”，等于一百零八岁。冯先生此联有不同的抄引版本，笔者取其中最合联律者。有人把上下联互易，还把牛字句移到马字句之下，造成两个平声尾字。冯先生是楹联大家，平生创作佳联不少，安能如此！附带说一下，日本人还时兴庆“白寿”，那是“百”字去掉上面一横，隐喻“九十九”。

在此附带说一下：流传的联语，各种书籍中的记载容有不一致之处。笔者采取择善而从的办法。读者可以这样认为：此书中所录的联语都是经过笔者“加工拣选”过的，属于“白版”（白化文版本），可不见得是初版原本。即以联坛著称的康有为寿吴佩孚五十岁寿联为例，“白版”是这样著录的：

牧野鹰扬，百世勋名才半纪；

｜｜——　｜｜———｜｜

洛阳虎视，八方风雨会中州。

｜—｜｜　｜——｜｜——

有的书籍所载，“百世”为“百岁”，“勋名”为“功名”，“半纪”为“一半”，“虎视”为“虎踞”。究竟谁的对，读者请自行研究可也。

寿联的载体，也在这里说一说。载体多种多样，共同的要求是尽可能地精致一些。例如，纸书的寿联最多，不可用白纸与冷色的纸。亮黄色也不行。必须用暖色的纸，但颜色可以浅些，以免墨迹不显。一定要装裱好，镶在长玻璃镜框里也行。绢书的要求相同。祝女寿特别是老年有身份的女寿（老年男寿与双寿亦无不可），过去有时用刺绣联，费事费时费工，当代内地不宜提倡。

字体则最好不用草书。楷书雅俗共赏，行书、隶书、篆书也可备一格。

撰写寿联应注意之处

撰写寿联应特别注意之处，提出两点供参考：

第一，必须时刻注意避讳问题。

例如，章太炎（炳麟）赠黄侃五十岁寿联：

韦编三绝今知命；

———|———

黄绢初裁好著书。

—|——||—

上联用孔子的两个典故。“韦编三绝”直用《史记·孔子世家》所载孔子晚年勤奋钻研《易经》事；“知命”则为《论语》所载孔子自述“五十而知天命”事，形容黄侃刻苦治学。下联的“黄绢”用《世说新语》故事，“黄绢”是带色儿的丝织品，乃是“色丝”，可以合成一个“绝”字。在这里，中国人传统的“避讳学”恰恰被章老先生给忽略了。按联法的“蝉联格”，即上联尾字与下联首字可以嵌字并连读的方式，那就是“命绝”；前面还有“三绝”呢！这不是要命的事吗？相传黄氏看到此联，大吃一惊，认为是个先兆，因而郁郁寡欢，不久下世。

关于避讳之学，还可以举出古代口语与文言间不相合因而引起问题的一段故事：

> 前明翰林院有孔目吏，每学士制草出，必据案细读，疑误辄告。刘嗣明尝作“皇子剃胎发文”，内用“克长克君”之语。吏持以请。嗣明曰：“此言‘堪为长堪为君’，真善颂也。”吏曰：“内中读文书不如是，最以语忌为嫌。既克长，又克君，殆不可用也。”刘乃悚然易之。此吏可谓深识体裁者矣！（清·梁绍壬《两般秋雨庵随笔》卷八“翰苑吏”条）

可见，中国古代的避讳学，学问很深，千万要多多注意。不仅写寿联，撰写任何对联，都要时时把避讳牢记于心，不然，可能出大事的！到那时，悔之晚矣！

第二，谨防用典不及其年。此种情况时有发生，虽大作家亦难免。下举两例以明之。如，袁枚寿史贻直七十岁联：

南宫六一先生座；

——｜｜——｜

北面三千弟子行。

｜｜——｜｜—

“南宫”在清朝可指代六部尚书，特别是礼部尚书；也可指代会试考官，特别是主考。以上几方面，史贻直都很够格。“六一先生”是宋朝大名家欧阳修晚年自号，用来作比，看来善颂善祷。史贻直在翰林院掌院时，袁枚是庶吉士，颇受青目。下联也很有着落。不耐推敲之处在于：欧阳修只活了六十六岁，而此联上联太坐实啦！相对来说，曾国藩赠欧阳兆熊七十岁寿联就活脱得多：

三千岁月春犹小；

——｜｜——｜

六一风神古所稀。

｜｜——｜｜—

欧阳兆熊的生日是在阴历十月，此月有“小阳春”之称。《汉武故事》《神异经》《神农经》等书中记载，西王母的桃子三千年长成，东方朔有三次偷盗记录；玉桃等仙桃吃了能成仙，等等。所以中国人上寿用寿桃。上联用“三千”称颂，就用了这些混合在一起的模糊概念。下联明点“古稀”，说寿星有六一先生那样的风神，目的是暗中点出同姓，不粘不着，所以为高。

再一点与头一点有相通之处，即除非十分知根知底的老朋友，莫逆之交，在撰写寿联时可以为寿翁寿母说些感慨的话以外，最好别独出心裁。总之，寿联以善颂善祷为上。现在举聂绀弩先生八十大寿时两位先生的寿联为例。注意，这些都是“文化大革命”后的特例。有老先生间的交情、气度、遭际则尚可，我辈还是少画虎为妙：

忍能对面为盗贼；（《茅屋为秋风所破歌》）

|—||—||

但觉高歌有鬼神。（《醉时歌》）

||——||—

这是程千帆先生集杜甫诗句，为聂先生寿。反正两位老先

生阅历世事沧桑，都满不在乎啦！后学如笔者，代为出冷汗矣。

已成铅椠千秋业；

丨——丨——丨

依旧乾坤一布衣。

—丨——丨丨—

这是虞北山（愚）先生写给聂先生的寿联。写得比较隐晦。平反后，许多人又“上去”了，聂先生却是依然故我。表面上看，似是为聂先生鸣不平，实则赞美聂先生之孤高。

习　作

有人说，你讲了这么多，想必是能写了。拿出你的成品来，让大家见识见识。笔者会向您报告：写是写过几副，入不了名家的法眼呢。既然您想评判，恭敬不如从命，就取出几副来献丑吧。

一副是1990年作，献给北京大学中文系老教授，我们的老师林静希（庚）先生八十大寿的寿联：

海国高名，盛唐气象；

｜｜——　｜—｜｜

诗坛上寿，少年精神。

——｜｜　｜———

林先生是诗人，所作新诗宏放飘逸，神似李白一脉。林先生诗名盛传海外，也如同盛唐时日本、朝鲜等国来华人士争相购买李白的诗集一般。林先生又是名教授，著名文学史家，对唐代文学最有研究。“盛唐气象”“少年精神”这两个专门性词语，就是林先生创造的，在课堂讲授时经常说到，撰文也时有论及。这副联就以这两个词语双双作底。上寿是模糊概念，从八十到一百岁都可称上寿。

另一副是1991年作，献给北京大学东方学系老教授，我们的老师季希逋（羡林）先生八十大寿的寿联：

岱岳华巅，名高九译；

｜｜——　——｜｜

宗师鹤寿，会集群贤。

——｜｜　｜｜——

为了给季先生庆寿，北大东方学系同时召开“东方文化国际学术研讨会”。季先生是山东人，此联就从山东本地风光和祝寿学术会议这两方面下笔。岱岳是泰山，位于山东，是世界名山。“华巅”双关雪里高山和名人年高德劭。季先生深通东西方多种语言文字，蜚声国际，“九译”原意是多次辗转翻译，后来也作殊方远国的统称。“宗师”原意是指受人尊重堪为师表的人，《汉书·艺文志》中“宗师仲尼”，特指孔子。孔子是山东人，教师的师表。鹤寿特指老年人如仙鹤那样长寿，也是模糊概念。王羲之《兰亭集序》：“群贤毕至，少长咸集。”用来指这次学术研讨会。上下联首字嵌“岱宗”，是对五岳中泰山的尊称。必须说明：寿联中镶嵌字样，一定要做到落落人方。

再一副是1996年作，还是献给季先生的八十五岁大寿的寿联：

鲁殿灵光在；

｜｜——｜

梵天寿量高。

｜—｜｜—

鲁灵光殿是西汉鲁恭王刘馀在山东曲阜建筑的宫殿。据东汉王延寿的《鲁灵光殿赋》中说，经历沧桑之后，西汉的包括皇宫各大宫殿在内的建筑全毁坏了，只有此殿巍然独存。后来常常用来比喻硕果仅存的极为宝贵的人或物。这里用来比喻季先生是“国宝”级人物，应该好好保护的。“梵天”是梵文意译，全称“大梵天”，是一位等级最高的佛教护法天神，他与他的眷属居住的天界也称为“大梵天”。“寿量”是佛教术语，指寿数的长短。住在梵天之内的梵天神及其眷属，寿数仅次于有无限寿命的佛。季先生是山东人，主要的学术研究领域是梵文，故上下联一点明地域，一点明学术。

2002年，季先生九十晋二华诞，又献上寿联一副：

此即名为无量寿；（《一切秘密最上名义大教王仪轨》）

｜｜———｜｜

知公心是后凋松。（黄庭坚《和高仲本喜相见》）

———｜｜——

由王邦维书写，署我、李鼎霞、王邦维、冯丹四人名。此联是集句联。可惜的是，在佛经中没有找到“即此名为无量寿”，查光盘索引中有“即此”，翻到原经中还是“此即”。

2005年，季先生按中国记虚岁计算为九十五岁，又献一联：

八千岁为春，盛世耆英，薄海仰瞻尊岱岳；

丨—丨——　丨丨——　丨丨丨——丨丨

九五福曰寿，和谐社会，大年安养颂先生。

丨丨丨丨丨　——丨丨　丨——丨丨——

“九五”点明九十五岁（虚岁）。此联平仄不调处颇多，特别是下联第一分句，连用五个仄声字，实在惭愧之至。可是，2006年，又通知我说，今年为季先生庆祝九十五岁大寿。这可是实岁。只可再点“九五”：

九译学人共瞻天北斗；

丨丨丨—丨——丨丨

五洲弟子同庆鲁东家。

丨—丨丨—丨丨——

这是从颂王渔洋一联（本书中引用了）化出，加上冠顶格“九五”，点出祝寿。

我的习作中以寿联居多。下面再举几副。

一副是代人给一位百岁华诞的老夫人祝寿的（1999年11月19日所作）：

兰映闺，彩成行，庆慈母遐龄曼衍；

—丨—　丨——　丨—丨——丨丨

女斟酒，男上寿，逢老人瑞应长春。

丨—丨　—丨丨　—丨—丨丨——

另一副是祝我的老学长王禹功和我的老嫂子谢福苓八十双寿的：

青春携手连心，双栖展翼；

———丨——　——丨丨

老宿齐年偕老，百岁同登。

丨丨———丨　丨丨——

还有一副是1997年与程毅中学长合作的，献给我的本师周绍良老居士八十大寿的寿联：

维摩居士兼通内外典；

———|——|||

南极老人自有松柏姿。

—||—||—|—

周先生文史兼擅，是中国佛教协会副会长，还兼任多种学会的顾问等职。佛教称佛学著作为内典，此外的学问都是外典。维摩诘居士是佛经中记述的著名的兼通内典与外典的大学问家。南极老人是中国民俗中认为的带传统性的寿星。《论语》中说："岁寒，然后知松柏之后凋也。"比喻经历世路风霜而坚持正道的老人。

第三节　挽联

挽联是人际关系——应酬联语中的一大宗。应酬联中别的种类的联语，和喜庆多少总有点关系，只有挽联为哀悼、饰终之用。

总的来说，一副挽联本身存在的时间不会很长。新中国成立前流行摆设灵堂受吊，一般七天，有时长达七七四十九天，挽联陆续送到，不断悬挂；新中国成立后，设灵堂的时间较短，一般只在遗体告别或追悼会上悬挂挽联，最多几小时也就撤去。按习俗，挽联均应在撤灵时烧化，没有在家中常挂挽联之理，哪怕是名人或书法大名家的杰作也存不住。但是，有些丧家常在丧事中或事后编印《哀荣录》《哀挽录》之类资料，其中抄存大批挽联，借以流传永久。也有个别挽联刻于墓道，算是间接保存真迹了。

载体与书法

先在此说一说挽联的载体。挽联一般用白纸书写而不裱，以便临时张贴，事后迅速焚化。因此，单从载体的角度看，真是“秀才人情纸半张”，属于最为粗放型的。新中国成立前，为了在经济上接济丧家，常有送大幅白布挽联或挽幛的，用黑墨在上面书写。张挂完毕，由丧家自行染黑，做衣服里子等用。新中国成立后，有一段时期布料供应少，此种作法无形中取消。改革开放以来，随着人民生活水平大大提高，物资供应异常丰富，代之而兴的是用长长的双幅黑色或蓝色毛料，或用白色、黄色丝绸，做成挽联、挽幛，用白纸裁写成方块字，一个字一个字地用别针别在上面。丧事过后拆下来，丧家可作衣料。笔者认为，这些都属于变相送礼，有的于廉政建设有碍，不值得提倡。如果必须赠送此类挽联，那么，写作联语时必须相度布幅尺寸以决定字数，这是最需要注意的。其实，一般写作挽联，也应注意字数。三四个字太少，还可能会被误认是挽幛（挽幛有点像单幅的“中堂”）。起码也得六七个字以上吧。两三个分句组成的，更足以抒写胸臆，寄托哀思。挽联一般在得知丧事音讯后匆匆书写，限于时间，也难以写得太长。

写挽联，一般只宜用楷书，墨笔书写，略带些行书体和隶书体尚可，草书、篆书等难认的字体则不宜。因为，挽联是撰写给丧家和吊丧的客人看的，要以大多数人能认识为准则。灵堂亦非书法家露脸逞能之处。笔者见识少，只听说陈毅元帅的追悼会上，张伯驹先生送的那副被毛主席赞赏的挽联是用鸟篆书写的（毛主席主要欣赏此联的内容），可还没有亲眼见过篆字和草字书写的挽联呢！说句玩笑话，那可是所谓“匆匆不暇草书”是也。

当前，写挽联似乎越来越趋向简化手续。一种简易的办法是，由承办丧事的逝者所在单位等找人写成小型长条，每个字也就方寸左右，常为在追悼会上吊客签名桌旁临时书写。有时就别在花圈上，署名与送花圈者的署名还往往不是同一个人，似有附庸之嫌。这种作法，下走期期以为不可。因为，一则很不尊重送挽联者，写作挽联的人是得动脑筋的，而送花圈只是打电话的工夫，在北京等地还不用自己花钱，布置礼堂全给算上了。二则不甚严肃。追悼会上，最能从不同角度看出人们寄托哀思和对逝者的评价之处，厥惟挽联耳。所以，挽联应悬挂在醒目之处，字体应大一些。前些年在有罩棚的告别室内外拉上铁丝，遍挂挽联，形成一种悲痛哀惋气氛，引得与这一处告别室无关的友邻人等也来瞩目，实在值得提倡。

挽联的写法

研究挽联的写法，载体和书法都是次要的，当然以内容为主。下面就进入正题：撰写挽联，首先应做到瞻前顾后，左右顾盼。这就是说，瞻前，要对逝者一生的优点、特点或突出贡献有深刻、全面的了解，然后才能做出概括性的表述。顾后，则是对逝者家属的态度应有些了解。左右顾盼，是对逝者所在单位的态度要有清醒的认识，进而对逝者的亲朋好友的观点也是了解得越多越好。万不可自以为与逝者是熟人，不详加思索，下笔就来，那是很容易得罪逝者家属和某些活人的。切记：挽联是写给活人看的，不是给逝者看的。表面是对逝者说话，实则是说给活人听的。特别是在代表团体和为人代笔撰写挽联时（当秘书的人最容易摊上这件受累不讨好的苦差使），更得把各方面的关系全理顺了。

当然，挽联究竟不等于逝者生平事略，更做不到盖棺定论。所以一般只谈优点、好处，讲的是过五关斩六将，千万别提走麦城。抑扬太过都不可取。经常采用的一种写法是，表达出一种适当的评价来。

试举邵循正先生挽陈援庵（垣）先生联为例：

稽古到高年，终随革命崇今用；

—｜｜——　——｜｜——｜

校雠捐故技，不为乾嘉作殿军。

｜——｜｜　｜｜——｜｜—

此联在学术界传诵一时，至今犹脍炙人口。许多人都认为评价得当，而且合乎彼此的身份。

能以形象性很强的手法，把逝者的身份充分表现出来的，有数百年间一直为联家称许的纪昀挽刘统勋联：

岱色苍茫众山小；

｜｜——｜—｜

天容惨淡大星沉。

——｜｜｜——

此联一定得是宰相级人物，还得立德、立功、立言具有“三不朽”资历的元老，更得当时很受皇帝器重的，才当得起。赠送者的身份和辈分也不能低。

还有把双方公私两方面关系交代得极为清楚，又颇具哀悼之情的，如纪昀挽朱筠联：

学术各门庭，与子平生无唱和；

丨丨丨——　丨丨———丨丨

交情同骨肉，俾予后死独伤悲。

———丨丨　丨—丨丨丨——

这是在没话中找出话来，没深交中找出深交来。一方面说明互不来往，另一方面又要表达哀惋之情。

把双方学术、业务关系和友谊并合作的作品都包含在一联之中，蕴沉痛于淡雅之中的，可举赵元任先生挽刘半农先生联：

十载奏双簧，无词今后难成曲；

丨丨丨——　———丨——丨

数人弱一个，教我如何不想他。

丨—丨丨丨　丨丨——丨丨—

《教我如何不想他》是一支由刘先生作词，赵先生谱曲，传唱至今不衰的名歌。此联当是由此句生发，生发得好，其馀三个分句也能与之相颉颃。“数人”指的是当时讨论学术的一个口头一说，并非正式成立的松散组织“数人会”。赵杨步伟所著《杂记赵家》（我用的是中国文联出版社1999年版）第239页中记有：

> 元任他们朋友们的玩意可多了。第一，他们定了一个“数人会”，钱玄同、汪怡（一庵）、黎锦熙（劭西）、刘复（半农）、林玉堂（语堂）和元任。最初，他们这一班人都是国语统一筹备委员会的，忽然有这个地方（**按：指的是杨步伟当时开设的诊所的后院**），有吃有谈的多高兴。第一是钱玄同，摇头摆尾的高谈阔论，谈个不停。胡适之也偶然来来。王国维想加入，还没正式加入进去，他自己就出事了。“数人会”的意思，是用《切韵·序》的一句话，就是“吾辈数人，定则定矣。”……所以元任以后挽刘半农的挽联，有“数人弱一个，叫我如何不想他”之句。

杨步伟女史在这下面还有个注：“上联差劲一点。……元任也承认，是先有了下联，再想个上联凑上去的。”按：赵元任先生此联，纯用“国语”即带北京腔的普通话写成，风格堪称奇特，给人的印象特别深刻。话虽然俏皮些，却还能表现出内心的沉痛，很不容易。这也昭示后来人：没有赵先生的水平和他当时的悲痛心态，不可贸然使用过于俏皮的口语。

与此类似的还有挽刘半农先生一联（作者失记）：

活昆虫竟敢咬死教授；

丨——丨丨丨丨丨丨

死文字哪能哭活先生！

丨—丨丨—丨丨——

此联下联写得沉痛，切合刘半农先生在五四运动中以白话文与卫护文言实则思想落后的人战斗的情形。上联凑泊痕迹明显。上下联平仄失调之处甚多，全仗下联振起。可见，一联中有半联足资称道，也可流传。

孙中山先生挽秋瑾联，则是在辛亥革命胜利后招魂之作，后来镌刻在绍兴风雨亭上。究其实，属于挽联中一种特殊联类，但其作法与一般挽联并无不同。上联述秋瑾在日本东京（古名江户）带头参加革命之坚决；下联记女侠的牺牲和今日的招魂纪念：

江户矢丹忱，多君首赞同盟会；

—｜｜——　——｜｜——｜

轩亭留碧血，恨我今招侠女魂。

———｜｜　｜｜——｜｜—

注意："多"字在此用为"君"字的谓语，意为"赞赏"。"多君"是意动用法，意为"认为你值得赞赏（之处在于首先翊赞同盟会）"。龚自珍《已亥杂诗》中有"多君郑重问乌衣"之句，用法与此处相同。辛亥革命前后时期的知识分子，对龚氏的诗都是很熟悉的。"恨"字用古代语义，意近于现代语的"遗憾"。《说文解字》："憾，恨也。"诸葛亮《出师表》："未尝不叹息痛恨于桓、灵也。"其中的"痛恨"乃"痛心与遗憾"之意。孙中山先生正用此意。

关合逝者生年月日和逝世年月日、时令、节日，也是一种作法。如金岳霖先生挽林徽音女史联（林逝于1955年4月1日）：

一生诗意千寻瀑；

｜——｜——｜

万古人间四月天。

｜｜——｜｜—

下联关合林氏逝世月份和林氏著名诗作《你是人间的四月天》的题目。

有清末挽北京某青年京剧演员逝世联语一副，内容轻佻无足取，致使当代有人误认为挽女演员联，实则是挽男演员的，这也是那时不足道的一种坏风气吧。可是此联关合生日与逝世日期，颇为灵巧，姑举以为例：

生在百花先，万紫千红齐俯首；

—｜｜——　｜｜———｜｜

春归三月暮，人间天上总销魂。

———｜｜　———｜｜——

相传阴历二月十五日为“花朝节”，乃百花生日。上联述逝者生日是花朝节前一日；下联记逝世日期为阴历三月晦日，即月末最后一天。《清朝野史》引此联，说是咸丰皇帝和一位京官陆眉生共同宠爱坤伶周翠琴，所以“人间天上”分别有所指。这是求之过深了。笔者总不相信此种传闻，认为是《李师师外传》的翻版。北京坤伶到清末民初王克琴、刘喜奎、鲜灵芝登台时，才大行其道呢。

撰写挽联，当然得带出一些哀悼与感慨之意。有的人眼泪挤不出来，或者慨叹不出什么意思来，那么，笔者建议，可以采用集古人诗句的办法。古人诗句既然是诗，总会带点诗意与情感。还有使用典故的，可以移花接木，转换到自己这边来。可称一举两得之事。

举京剧王瑶卿大师挽他的师辈陈德霖老夫子联为例：

平生风义兼师友；（李商隐《哭刘蕡》）

———｜——｜

一别音容两渺茫。（白居易《长恨歌》）

｜｜——｜｜—

此联据说是袁寒云（克文）代笔。俞平伯老先生曾评议说，特别是下联，暗中改变了白居易原句的内涵，双关地悼念舞台演员，用古人化，“可谓风流蕴藉矣！”

撰写挽联应注意之处

关于撰写挽联应注意之处，笔者也提出几点意见，仅供参考吧。

第一点是，在当代，短时间内大量地集中于小范围内的对联集群，就属挽联了。为张挂在一起方便，往往由单位先期征集挽联，统一书写与悬挂，书法千篇一律，待研究的恐怕就剩下内容了。因而可把追悼会挂挽联比作某种对联擂台大赛，参赛者的水平、态度，一览无馀。没有两下子，最好藏拙。而且，很容易写出纠纷和后患。笔者以为，伤脑筋加受累，还不一定落好，何必呢！除了必要的非写不可的应酬以外，少写甚至不写为宜。

可是，从另一方面辩证地看，仔细观看悬挂的挽联，却是一次上好的学习机会。不但可在心底默评联语优劣得失，还能从多方面推知撰写者的态度。当然，不宜在哀悼气氛中与人热烈讨论，交换意见，甚或露才扬己，斯为大忌焉！

举蔡锷逝世后北京的追悼会上几副挽联为例：

三年奔走空皮骨；（《将赴成都草堂，途中有作，先寄严郑公五首》其四）
———丨——丨

万古云霄一羽毛。（《咏怀古迹五首》其五“诸葛大名垂宇宙”）
丨丨——丨丨—

这原是清朝人集杜甫的两句诗，没有人当得起。蔡锷逝世，用作挽联，堪称人诗相配，还带出“大名诸葛身先死”的深刻感慨呢！

张謇挽蔡锷联：

国民赖公有人格；

丨一丨一丨一丨

英雄无命亦天心。

一一一丨丨一一

此联内容颇佳，但上联平仄为跳跃式，一个字一个字地往外蹦，与下联的平仄也不调谐。

传易顺鼎手笔，代小凤仙作，挽蔡锷联：

万里南天鹏翼，君正扶摇，那堪忧患馀生，萍水因缘成一梦；

丨丨一一一丨　一丨一一　丨一一丨一一　一丨一一一丨丨

几年北地燕支，自悲沦落，赢得英雄知己，桃花颜色

丨一丨丨一一　丨一一丨　一丨一一一丨　一一一丨

壮千秋。

|——

按：为小凤仙代笔的联语多副，似以此联为最有气魄。

杨度挽蔡锷联：

魂魄异乡归，于今豪杰为神，万里山河皆雨泣；

—||——　———|——　||———||

东南民力尽，太息疮痍满目，当时成败亦沧桑。

———||　||——||　———||——

蔡、杨二氏的关系颇具戏剧性。张伯驹先生《素月楼联语》中引之，评曰：“卜联语气倔强，无韬晦之意。”

第二点是，如果非写挽联不可，那就得十分着意从事，别惹事。这似乎是前一点的毫不危言耸听的补充。下面亦举一例：

却说，有一日黄叔兰丁了内艰，设幕开吊。叔兰也是清流党人，京官自大学士起，哪一个敢不来吊奠。……大家正在遍看那些挽联、挽诗，评论优劣。寿香忽然喊道：“你们来看仑樵这一副，口气好阔大呀！”……挂在正中屏门上一副八尺来长白绫长联，唐卿就一字一句的读出来，道：

看范孟博立朝有声，尔母曰：“教子若斯，我瞑目矣！”

效张江陵夺情未忍，天下惜：“斯人不出，如苍生何？”

唐卿看完，摇着头说：“上联还好，下联太夸大了。不妥！很不妥！”宝廷也跟在唐卿背后看着，忽然叹口气，道：“仑樵本来闹得太不像了，这种口角，都是惹人侧目的。清流之祸，我看不远了。”（**曾朴《孽海花》第五回**）

请有兴趣的读者仔细阅读《孽海花》中的有关回目，便知其“很不妥”之处何在了。附记：个别的当代联话引此联，将“丁内艰”误解为丧妻，是不对的，实为丧母。

第三点是，要重联德，除了对于敌人外，写挽联万不可用挖苦甚至敌对的口气。这一点，名贤不免。章太炎（炳麟）先生就犯此病。在章先生则尚可，我等并无先辈的德才学识，决不能干画虎不成和惹火烧身的事。下举两例，如章先生戏挽伍廷芳联：

一夜白髭须，多亏东皋公救难；

｜｜｜——　——————｜｜

片时灰骸骨，不用西门庆花钱。

｜———｜　｜｜——｜——

《素月楼联语》引此联，云："清室逊位后，南北议和，伍廷芳任其事，颇费周折，久无成议。伍心劳唇敝，须发为白。后病笃，遗言火葬。卒后，家人遵意行之。"又云："上切其姓，下切其火葬，谑而近虐矣。"按，所用"典故"均出自小说。上联取用《东周列国志》，借伍子胥过文昭关的故事暗切作者姓氏；下联采自《水浒传》与《金瓶梅》，武大郎之"武"与"伍"谐音。古人用典尚雅，有人用了唐人传奇《柳毅传》，尚且遭到讥笑。章先生用后来载入"不登大雅之堂"目录中所载的书籍中材料，虽然极为贴切，但诚为戏谑之言。

还有章先生为南京革命烈士追悼会所作的挽联：

群盗鼠窃狗偷，死者不瞑目；

—｜｜｜｜—　｜｜｜—｜

此地龙蟠虎踞，古人之虚言。

｜｜——｜｜　｜————

用"鼠窃狗偷"对"龙蟠虎踞"，却是一组相反相成的对仗。

袁克文吊江苏督军李纯，也用来作对：

尽鼠窃狗偷，举目难逢真国士；

｜｜｜｜—　｜｜———｜｜

空龙蟠虎踞，伤心谁吊故将军。

———｜｜　———｜｜——

此两联目空一切，把大多数人都骂进去了。这种旧社会中名士佯狂骂世的心态与作法，我们生活在新社会中的晚生后辈切不可效法。

孙中山先生逝世，挽联无数，后来集成《哀思录》，正式出版。张伯驹先生《素月楼联语》引其中吴稚晖一联：

闻道大笑之，下士应多异议；

—｜｜｜—　｜｜——｜｜

贻谋后死者，成功不必及身。

——｜｜｜　——｜｜｜—

“下士”用《老子》成句：“下士闻道，大笑之。”而略加变化。“贻谋”原典出于《诗经·大雅·文王有声》：“贻厥孙谋。”后来习用于指长辈（祖父或父亲）对子孙的教诲，特别是临终教诲。“成功”一分句则引当时新公布的孙中山先生遗嘱：“革命尚未成功，同志仍须努力。”张伯驹先生评此联：“运典切合，用意深远。”注意：北洋系统的人看了一定不会高兴。可见，写挽联做到人人满意似乎不可能。对一般的人，写得不得罪人就行。对大人物，咱们自然得站在进步的一方，得罪点反动派也是无妨的了。

还可举出吴小如老师挽吴晓铃先生联：

久沐春风，高山安仰；

｜｜——　——｜

深悲绝学，薪炬谁传。

——｜｜　—｜——

笔者见到此联后，曾向吴先生面陈：下联可能会得罪吴晓铃先生门下的一些人。吴小如先生向来爽直，认为事实就是那样。还说，别太世故了。听说，后来还是改动了。

此外，还有虽非戏谑，却显得佻巧的作对手法，切宜慎重，最好不用。如易君左（家钺）挽香港自杀的影星莫愁一联，用集句“缩脚体”，即隐去最后一字：

与尔同销万古；（李白《将进酒》诗）

｜｜——｜｜

问君还有几多？（李煜《虞美人》词）

｜——｜｜—

以诗对词，诚为难得的妙笔。还把“莫愁”和自杀隐隐地套进去了，诚为妙笔。但是，虽有愤世之意，究非正音，且有轻佻逞才之嫌。易老先辈才气纵横，为之则可。我辈后生小子，当以之为戒。

第四点是，挽联应在逝者“盖棺”后撰写，起码得在弥留时构思，才合乎“论定”之理。再则，古来就有忌讳：预作挽联是咒人死呢，大忌！试看后果：

曾[国藩]与汤海秋称莫逆交，后忽割席。缘曾居翰林时，某年元旦，汤诣其寓贺岁，见砚下压纸一张，汤欲抽阅之，曾不可。汤以强取，则曾无事举其平生之友皆作一挽联，汤亦在其中。汤大怒，拂衣而去。自此遂与不通闻问。后曾虽再三谢罪，汤勿理也。曾工撰挽联，长短高下，无不合格。同时江忠烈忠源，笃于友谊。有客死者，忠烈必派弁护榇而归。因有“江忠源包送灵柩，曾国藩包做挽联”

之谣。二公闻之，干笑而已。（李伯元《南亭笔记》卷八）

按：汤鹏（1801—1844），字海秋，湖南益阳人，与曾国藩是大同乡，前辈。汤逝世后，曾氏有挽联：

著书成二十万言，才未尽也；

丨——丨丨丨— —丨丨丨

得谤遍九州四海，名亦随之。

丨丨丨丨—丨丨 —丨——

此联除了平仄失调处颇多以外，内容和写法很受后来人注意与仿效套用。实际上，汤本人是否当得住此联的称誉，恐怕是经不住历史考验的。从此联看，二人并未参商。可见笔记小说的记载不甚可靠。但是，我们可以从而得到教训：挽联不是写着消遣的，先期做准备也不可过早。

我的从中学直同学到大学，后来又在北大同事的六十多年老友王禹功大学长，活得好好的，要求我现在就给他撰写挽联，趁着还明白的时候好看一看。我说：“咱俩谁走在前头尚且未定。再说，这是您一百二十岁以后的事，到那时我再给老大哥效劳吧！”

这里要说明的是：这一节中谈到几位先辈的联语，并建议后来人最好不要学他们的作法。笔者绝不是认为先辈缺少联德，只是提请读者注意，我辈应有联德罢了。先辈处在他们的特定时代中，自有他们那样作法的道理。笔者毫无批评先辈之意。

习作

最后，还是仿效笔者在“寿联”一节中的作法，把拙作几副挽联录出，请读者指教：

说天竺记大唐，开宗明义源流在；

|—|||—　———|——|

括五明囊内典，阅藏知津目录传。

||——||　||——||—

这是挽佛学大师吕秋逸（澂，1896—1989）先生一联。吕先生一生著作等身。上联隐括他的《中国佛学源流略讲》《印度佛学源流略讲》两书；下联隐括其《佛典泛论》《因明纲要》《因明入正理论讲解》《新编汉文大藏经目录》等书。这是用的撰写挽联的一种常用方法，即是指出逝者给这个世界留

下了什么。也就是说，人虽然不在了，还留下什么存在，给后人留下什么可思念之处，例如：著作、功绩、培养后来人的成绩等等。

秘府校书，薪传令子；

｜｜｜—　——｜｜

中华稽古，泽被学人。

———｜　｜｜｜—

这是挽中华书局原副总编辑赵守俨（1926—1994）编审联。赵先生与笔者累世通家。他曾主持《二十四史》与《清史稿》等大部头古籍的点校工作。令子指其子赵珩，北京燕山出版社原总编辑，也擅长古籍整理工作。故上联用刘向、刘歆父子相传秘府校书的典故。

丝路驱驰，遍观窟寺推三老；

—｜——　｜—｜｜——｜

凤毛继绍，博考城坊记两京。

｜—｜｜　｜｜——｜｜—

这是挽北京大学考古系老教授阎文儒（1912—1994）先生联。阎先生是我国石窟寺考古开拓者之一，新中国成立前后曾遍历我国南北各大石窟，撰有《中国石窟艺术总论》等书。“三老”是掌管教化的老人。《礼记·文王世子》郑注：“三老、五更各一人，皆年老更事致仕者也。”凤毛，据《世说新语·容止》：“大奴固自有凤毛。”余嘉锡先生笺疏：“南朝人通称人子才似其父者为凤毛。”此处指阎氏之子，前北京图书馆馆员阎万钧，他与其父合著《唐两京城坊考补》。此联与前一联的手法相同，除了讲述逝者本人留下了什么以外，还讲到他们培养接班人的成绩。

尽瘁在图书，老成垂范存周密；

｜｜｜——　｜——｜——｜

持衡承月旦，推选擢登仗品题。

———｜｜　—｜｜—｜｜—

这是挽图书馆学界元老、古籍版本目录学家、书法家顾起潜（廷龙，1904—1998）先生联。顾先生在我国图书馆园地辛勤耕耘近七十年，主编《中国丛书综录》《中国古籍善本书目》《续修四库全书》等，是这个领域内公认的权威。笔者在申请副教授、教授职称的两次评审中，均承蒙顾先生大力识拔，提出推荐信。下联所云，即指此事而言。用上联概括逝者一生成就，下联叙述撰联者与逝者的关系，也是一种常用的撰写挽联的方法。

中华书局原副总编辑、现任中央文史馆馆员程毅中学长亦有挽顾先生联，附载于此：

书目功成，方祝期颐臻百岁；

—｜——　—｜———｜｜

津梁惠溥，永垂遗泽逮千秋。

——｜｜　｜——｜｜——

“书目”特指《中国古籍善本书目》。“津梁”则泛指顾先生所编的种种书目等，以及为图书馆界所做的各种工作。此联着重在指出顾先生一生贡献巨大，而且大功告成，得享高年，已经没有太多的遗憾了。

还可举笔者挽大学同班、中国社会科学院语言研究所原所长刘坚（2002年12月17日逝世）联：

文字有亲缘，真醇雅量承陈老；

—｜｜——　——｜｜——｜

语言多妙解，邃密宗风绍吕翁。

｜——｜｜　｜｜——｜｜—

刘坚学长系吕叔湘先生的嫡系，接班人之一，故下联及此。刘坚学长系古文字学家陈邦怀老先生之婿，上联及之。

再举代表原北京育英中学1949届毕业班全体老同学挽张仁佑联：

六载溯同游，忠厚谦诚，友情无间；

｜｜｜——　—｜——　｜——｜

一心攻专业，博达勤奋，学术有成。

｜———｜　｜｜—｜　｜｜｜—

拙作平平，力求四平八稳而已矣。

再举近作数联。

有挽故宫博物院研究员朱家溍老先生（2003年9月29日逝世）联：

金台老宿，早擅三绝逸才，馀事和声鸣盛世；

——｜｜　｜｜—｜｜—　—｜———｜｜

紫禁清班，胪陈十朝通典，退食加意写宫城。

｜｜——　——｜——｜　｜｜—｜｜——

朱老祖籍浙江萧山，但我判断，他是在晚年才衣锦荣归的。他是老北京，是老故宫，是中央文史馆老馆员，“金台老宿”“紫禁清班”均当之无愧。“三绝诗书画”，他擅长的可不止这三项。著作中有《故宫退食录》及其他多种，又是名票友，故此联概括之。

有挽北大中文系中年教授、全国劳动模范孟二冬同志联：

术业有专攻，雁塔科名勤订补；

｜｜｜——　｜｜———｜｜

知交于未遇，燕园论议想平生。

———｜｜　——｜｜｜——

上联隐指二冬同志的成名作《登科记考补正》（2003年北京燕山出版社出版，主要责任编辑杨韶蓉）；下联隐括二冬夫妇与我们夫妇是二十多年的老交情。

最后，举我为本师周绍良先生碑阴所制联语：

士表文宗，世尊山斗；

｜｜——　｜——｜

青山明月，人仰清芬。

———｜　—｜——

周先生卒葬燕山山麓“万佛陵园”，地脉极佳。李白《赠孟浩然》：“高山安可仰，徒此揖清芬。”

第六章　装饰性对联

这一大类对联的共同特点：一是悬挂的时间久，有的能挂几百年，损坏后重修再挂；二是因悬挂时间久而对载体的要求高。

要是细分起来，这一大类对联比较杂，凡是不属于前一章的喜联和寿联、挽联三类的对联，几乎都归入这一大类之中。它们大致可以归纳成以下几类：

一、门联和行业联：门联是漆写在两扇大门之上，或者悬挂在大门外的立柱上的。又可分为住宅门联和行业门联两类。行业联，除了门联以外，还有装饰在室内的，装饰在室外其他地方的。新中国成立后，新建筑多采用西式，只一扇门，或用转门等，门联已经不大时兴了。行业联也趋于消失。作为行业联的一个新变种，是为了广告效应而征集的行业联。这种联往往作出来并书写出来而不张挂，却用来在报章杂志或电视上做广告。

二、室内外装饰联：名胜风景区、园林内、寺观中，以及古代宫殿、官署衙门、学校等处的室内外，作为装饰用途的对联是大批的。家庭中使用的室内装饰联，至今活跃在主要是知识分子的书房、卧室、客厅等地方。新建的纪念堂内外，也常用对联装饰。其中，宗教寺观等处的内外对联有其本身的宗教性质和宣传色彩。

综合上述，我们可以把室内外装饰联统一再行划分为：主要供应个人、家庭使用的，即私人应用的和带有公共性质的两类。在第二类中，宗教性质的带有特殊性，我们另编一章叙述。本章分述公私两类装饰性对联。

第一节　个人、家庭用的室内装饰联

室内外装饰联与环境的关系

在这里，得先把室内外装饰联与环境的关系说一说。它不但涉及本节，而且关联到所有的室内和室外装饰联。

室内外装饰联，可说是室内和室外环境加工综合艺术的一个有机组成部分。拿室内联来说，一定得和全室的环境相谐调，力求融入整个大环境之中，要能加强而不可破坏整体风格，与经常活动于室内的人物的风格高度一致。这一点，我们看看《红楼梦》中对联的安排便可恍然。

《红楼梦》第三回中，是这样描述荣国府正院堂屋的匾额与楹联的：

> 进入堂屋中，抬头迎面先看见一个赤金九龙青地大匾。匾上写着斗大的三个字，是“荣禧堂”。后有一行小字：“某年月日，书赐荣国公贾源”。又有“万几宸翰之宝”。……又有一副对联，乃乌木联牌，镶着嵌银的字迹，道是：
>
> 座上珠玑昭日月；
>
> ｜｜———｜｜
>
> 堂前黼黻焕烟霞。
>
> ——｜｜｜——
>
> 下面一行小字，道是：“同乡世教弟勋袭东安郡王穆莳拜手书”。

这段描写还使我们知道了，清代将这种木质的平板或抱柱的半圆形的，悬挂于室内墙壁上或室外柱子上的楹联及其载体，称为“联牌”。

《红楼梦》第八十九回（高鹗续补）中，描绘阴历十月初林黛玉房中应时当令新添的室内装饰：

> 宝玉走到里间门口，看见新写的一副紫墨色泥金云龙笺的小对，上写着：
>
> 绿窗明月在；
>
> 丨——丨丨
>
> 青史古人空。
>
> —丨丨——
>
> ……一面看见中间挂着一幅单条，上面画着一个嫦娥，带着一个侍者；又一个女仙，也有一个侍者，捧着长长儿的衣囊似的。二人身边略有些云护，别无点缀。全仿李龙眠笔意。上有“斗寒图”三字，用八分书写着。

我们在本书中还引了《红楼梦》第五回秦可卿卧室联、第四十回探春卧室联，这些对联都起着烘托并显露出主人公精神面貌的作用。至于“大观园试才题对额”中对于室外装饰联与大环境配合的记述与议论，正是绝妙的对室外联必须与环境调谐的说明。

从形式、载体方面看，室内和室外装饰联可说是各类对联中最为百花齐放的，一般总是要求尽量地在与大环境调谐时做到精巧雅致。从字体、书法、尺寸、字数到载体与颜色，都是多种多样，用意是和全室环境紧密谐调，更要兼顾在室内经常活动的人，以及常来常往的人们。要能够切合主人身份，要做到使客人们能懂得能欣赏。下面举出两个极为特殊的例子：两面看字联。

《楹联续话》卷四引：

> 黄右原曰："从来联语纸书居多，或刻以竹木，或用漆加云母石，且有嵌牙玉者。至吴山尊学士，始出意制玻璃联子，一片光明，雅可赏玩。惟字画不能无反正之嫌。学士又运其巧思，使之表里如一。其句云：'金简玉册自
>
> —||||
>
> 上古；青山白云同素心。'上制 横额，题'幽兰小室'
>
> ||　——|——|—
>
> 四篆字。又请孙渊如观察以双款篆书'山尊先生''孙星衍'七字。正面反面并是一样。其巧不可阶如此。"

郑逸梅《艺林散叶》第108则有云：

> 陈蝶仙筑蝶庄于西子湖头。以爱镜故，廊间多置长镜。

但楹联入镜，字作反影，颇以为憾。因拟用字之正反相同者为联以张之。其女小翠曾撰若干联，其一云：“北固风

｜｜—

云开画本；东山丝竹共文章。”盖篆体字适相称也。

——｜｜　———｜｜——

这两联真是匪夷所思。不过，镶挂此种对联，室内其他装饰，包括室中宾主在内，都得雍容华贵，显示出温文尔雅，才能于富丽中显露才华。试想，如果室内贴有几张外国商店美女宣传画，再搭上几个赌徒推牌九，呼幺喝六，啤酒瓶子乱扔一地，烟气腾腾，那形成的对比也就太强烈了。

室外装饰联也是如此。应注意其内涵与外表的配合。如新建的黄鹤楼、滕王阁等名胜楼阁，富丽堂皇，联语须阔大恢宏，载体应金碧辉煌，这才有吞吐江湖气象。有的草亭萧寺，最宜野趣天然，若挂上金字匾额与楹联，就消受不起了。

室内装饰联举隅

室内装饰联，就其安置场所论，主要在书房、客厅、卧室；就其作者来源论，不外主人自作、他人赠与、采买三途。

明清两代到民国年间，对联盛行，差不多的人家总会张挂

一副以上的对联。“联话”等书籍中记载，对联爱好者甚至连厕所也拟有对联，是否张挂无考。当代则对联热已经降温，城市住宅建筑多为单门无堂屋之西式，知识分子居住条件欠佳，室内书柜占据大量墙壁，对联的生存空间极端缩小。可以说，除了在小范围之内外，个人应用的室内装饰联已经不时兴了。最近有少数爱好者（包括一些建筑师）提倡在公共建筑如大宾馆的客房内布置对联，倒是一条推广的路子。

除了宫殿等大型建筑物以外，一般建筑室内空间狭小，因而不能张挂字数多、尺寸大的对联。这是写作此类联语时必须首先考虑到的。其次，由于长期使用，有时效的内容最好不用；吉祥话多说，倒霉的字眼别使。勉励上进的格言最受欢迎。

以下略举一些清代至近现代的室内联，供读者参考：

“渔洋山人”王士禛，是清代康熙年间大诗人，文坛领袖，又屡任与科举有关的高官，门下士极多。他的弟子殷誉庆赠他的一联，著称于联书与笔记中：

天下文章，莫大乎是；

—|——　||—|

一时文士，皆从之游。

|——|　————

平仄不调谐之处颇多，内容却是善颂善祷。虽略有夸张，按王氏当时的情况，也还当得起。另有一副赠王氏的联语：

尚书天北斗；

丨——丨丨

司寇鲁东家。

—丨丨——

此联平仄和谐。王士禛曾任刑部尚书，故联中以孔子任鲁司寇为比。同时切合王氏为山东人，更切合他是一代宗师。以王氏比孔子，则有点比拟不伦了。据清代梁章钜编著的《楹联丛话》卷九中记载，这是那专爱拍大官僚马屁的声名狼藉的钱名世所作。钱名世后来写诗拍年羹尧，拍出大娄子，被雍正皇帝封为“名教罪人”，那是后话了。但从此也可看出，送人联语，要悠着点儿，不可顺口开河，谄媚过甚，于人于己都没有好处。

赠人的和自己撰写的室内联，一般悬挂在书房、卧室、客厅，以用格言者为多。其中盛行集句联，先举几副奇特的室内联：

天地埋忧毕；（《乙酉腊见红梅一枝思亲而作时小客

—丨——丨　　　　昆山》）

关山拭剑行。（《送刘三》）

——丨丨—

这是康有为集龚定庵诗句，突兀奇崛，不可以常例度之。其中夹带“埋忧”，“拭剑”则毫端似有杀气。我辈后学，无康圣人之德能、身份与湖海豪气，必须以画虎不成为戒，万不可学此种口气。据郑逸梅老先生编著的《南社丛谈》记载，此联为陆丹林（1896—1972）所得，极为欣赏。陆氏脾气与常人不同，也许敢张挂。笔者没有拜读过金庸先生的武侠小说，深以为憾，不知金氏书中是否引用过此联——倒是很适宜文武兼资的中老年剑侠书房中悬挂的呀！

精神到处文章老；

——丨丨——丨

学问深时意气平。

丨丨——丨丨—

这是清代石蕴玉所作。

养天地正气；

｜—｜｜｜

法古今完人。

｜｜———

这是孙中山先生写来赠人的室内联。

格言联语，过去有《格言联璧》之类著作，可资借镜。最好不照抄，另行搭配。

再举几副有特色的：

《两般秋雨庵随笔》中载有：

> 葛秋生庆曾斋中悬一联云：“书似青山常乱叠；灯如
>
> —｜———｜｜　——
>
> 红豆最相思。”语极清新。“青山”句，秋生自拟；“红豆”
>
> —｜｜——
>
> 句，则许滇生太史乃普所对也。

郑逸梅《艺林散叶》第2986则有云：

章松庵有句“水月松风招白鹤”，苦无对句。陈栩园云：

| | — — — | |

“何不对以‘石泉槐火煮乌龙’。”章大喜，倩人书为楹联。

| — — | | — —

此两联以清新雅致见长。

写作此类联，除了格言等常见内容外，更有切合受联者的某种特点的：

《楹联丛话》载沈廷芳赠董文恭（诰）联云：

著书台迥名繁露；

| — — | — — |

入画山多学富春。

| | — — | | —

一切姓，一切地，又切其人善画。

《两般秋雨庵随笔》中则载有：

嘉庆中，有曹姓人为彭泽令。其友赠一联云：“二分

| —

山色三分水；五斗功名八斗才。”一切官地，一切姓，运
—丨——丨　丨丨——丨丨—
典恰切。

写作室内联的大忌，是和受联者开玩笑。例如，清代有人给董姓人家客厅写联：

贤者亦乐此；
—丨丨丨丨
卓尔末由从。
丨丨丨——

这是“冠顶格”，骂姓董的不是董贤，就是董卓。后来被纪昀看出，方才撤除。

再有，上面已经说过，不可用不吉祥的字里字面。例如，吴佩孚在被北伐革命军打败后流寓长江上游时，写给一位姓王的男子的一副联：

登楼文士思家国；
———丨——丨

誓墓将军惜岁华。

丨丨——丨丨—

上联用王粲《登楼赋》典故；下联用王羲之（曾任右军将军）在先人墓前发誓不再出仕的典故。上联讲的是姓王的背井离乡，下联警告他不可空抛岁月。倒是很反映吴氏自己当时的心境。联中出现“誓墓”字样，您说可让人家怎么张挂呢?

赠人联除了善颂善祷让对方别不高兴以外，能做到切合彼此身份才算高手。章士钊就是个中巨擘。如他的赠杜月笙联：

春申门下三千客；

———丨——丨

小杜城南尺五天。

丨丨——丨丨—

上联以春申君与杜作比，往下看，当时杜的门客、徒弟确实不少；往上看则是下联，隐喻杜和当时上层关系紧密。用的是唐代“城南韦杜，去天尺五”的典故，首见于杜甫《赠韦七赞善》一诗中自注。妙在用“小杜”。小杜原指杜牧。杜牧是一位跌宕风流之士，颇具湖海豪情，好言天下大事。而且，用“小杜”称呼对方，显得年轻，谁不爱年轻点呢？对比之下，自己当然是年长一辈的“老章”啦。双方的身份就全都显露出来了。老章真不愧老清客也。章士钊确实写出过一些切合双方或几方面（如为身份不同的大家伙儿或某人代笔）身份的联语来。笔者以为，章老实为近代大联家之一。

最后，举鲁迅先生小说《祝福》起首处一例，以见室内联与周围环境之密切关联。小说开头，第一人称的书中人物回老家，往访他的“四叔”。但见四叔的书房中桌上放着《康熙字典》《近思录集注》《四书衬》，中堂是“陈抟老祖”写的“朱拓”“寿”字，“一边的对联已经脱落，松松的卷了放在长桌上”，另一边还挂着，写的是什么呢？“道是：‘事理通达心气和平’。”“四叔”这个人物的酸腐，以及他家庭的败落，跃然纸上。仅仅半副对联，就起了画龙点睛的作用。此联与室内布置的异常协调的紧密关联，也可称天衣无缝。典型环境中的人物典型性格揭露无遗。鲁迅先生真是无从企及也！

第二节　亭联、桥联、戏台联

具有公共场所性质的地方甚多，此类联语也多，不能遍举。这里只列举三类。它们都具有独立或半独立性质，并极富中国特色。名胜园林中也常建有亭台楼阁，并以小桥流水点缀。本节中以此三种联来代表具有独立性质的或包含在大型公共场所的联语，比较适合。但请注意，公共场所内的各类建筑、各种场所甚多，我们仅仅举出三种，不过是以偏概全罢了。

亭联（附：塔联）

亭和塔，是中国建筑中最有个性特点的。中国建筑困于四合院框架，大同小异。亭和塔，除了双亭双塔以外，雷同者不多，是中国建筑中最为百花齐放的两种类型。先说亭联。

半山亭联：

大观在上；

| — | |

小住为佳。

| | ——

“小住”的“住”，意为“暂停，暂时休息”。

长沙岳麓山望湘亭联：

西南云气来衡岳；

———|——|

日夜江声下洞庭。

||——||—

上联仰首往山脉来处看，同时仰观天文气象。下联低头往江水去处看，实为俯察水文地理。这种观察实际上带有想象性质，却更增加了此联的恢宏气势。

孤孤单单的一座亭子，很难着笔。如果因有某个典故而建亭，或因附近风景名胜而建亭，则可借以着力。但最好不粘不着，空中着力。也就是说，别过分坐实。试看浔阳琵琶亭联：

一弹流水一弹月；

|——||—|

半入江风半入云。

||——||—

邯郸古迹中有著名的吕洞宾祠堂，根据唐人传奇中沈既济《枕中记》，以及明代汤显祖据之发挥而成的《邯郸记》，落实“吕翁”就是后来的吕仙，亦即吕洞宾。这本是小说戏曲

家言，怎样落实均无不可。可是撰联得不粘不着，空中着力最难。祠堂内有梦亭，坐实有此实实在在的一所亭子，然则虚幻无实之梦又待如何？请看下面的联语是怎样解决问题的：

睡至二三更时，凡功名都成幻境；

｜｜｜——— ——————｜｜

想到一百年后，无少长俱是古人。

｜｜｜｜—｜ —｜｜—｜｜—

此联平仄大大失调，是其大病。

塔，多为宗教建筑，也有风水塔、灯塔。

今举下走为苏州寒山寺普明宝塔试作联语，以为谈助。此塔四面五层，仿唐塔新建，以此作了四副联：

崇斯六度，佛影留龛，千灵拥护；

——｜｜ ｜｜—— ——｜｜

施彼七珍，神功造塔，万福庄严。

—｜｜— ——｜｜ ｜｜——

月落乌啼，鲸钟发菩提愿；

｜｜—— ——｜——｜

水浮地涌，宝塔证般若缘。

｜—｜｜　｜｜｜—｜—

四面绚烂凌空，仰看无边花雨；

｜｜｜｜——　｜｜———｜

五层巍峨出地，倾听夜半钟声。

｜———｜｜　——｜｜——

胜迹依然，江枫渔火；

｜｜——　———｜

宗风不坠，塔影钟声。

———｜　｜｜——

2002年12月16日作。为宗教建筑作联，既要切合当地历史、寺庙沿革，更须严肃认真，不可触犯禁忌。下走所作，应景而已。

桥联

中国的桥梁建筑也极富民族特色，而且往往成为当地一景。桥边又常为友人、情人聚会与送别之地，流传典故甚多。因而桥联为人所重。下举数例：

陕西临潼著名的灞桥联：

诗思向谁寻？风雪一天驴背上；

—｜｜——　—｜｜——｜｜

客魂销欲尽！云山万里马蹄前。

｜——｜｜　——｜｜｜——

上联用郑綮“诗思在灞桥风雪中驴子上”的典故，见于《唐诗纪事》卷六十五；下联用唐代首都长安人士大都在此桥送别的故事。

清代梁章钜编著的《楹联丛话》卷六有云：

金陵淮清桥桥门，有集刘梦得、韦端己句云：“淮水
—｜
东边旧时月；金陵渡口去来潮。”桥门之联，当以此为最工。
——｜—｜　——｜｜｜——

按：此联全用本地风光，集句相当浑成，故梁氏叹为最工。

又，梁章钜《楹联续话》卷二有云：

……杭州城外之半山，桃花最盛。花时游船麇集。秋后红叶亦极可观。旁有小桥，桥门一联云：“欲泛仙槎向
｜｜——｜

何处；偶传红叶到人间。”皆桥门联之极超脱者。

—｜　｜——｜｜——

北京北海前门外金鳌玉蝀桥，原为宫苑名桥。清代赵翼应制撰写桥联，云：

玉宇琼楼天上下；

｜｜———｜｜

方壶员峤水中央。

———｜｜——

据《楹联丛话》卷六记载，上联中“上下”原拟为“尺五”，经汪由敦改为“上下”。赵翼在《檐曝杂记》卷二中自己评论说：“乃益觉生动也。”

戏台联

中国老式戏台，即到清末尚且在全国戏台建筑中占绝大多数的戏台，都是四面体的房子形状，其中三面开放，面对三方观众（据说山西一些地区庙会戏台因风大，三面垒墙，仅朝南的一面大开）。它的正前方定有两根大柱子，有的柱子长度可达两三层楼高，有的则只有一层房高。就说在明清两代吧，额定这两根柱子上必定悬挂一副抱柱长联。

这种中国旧式戏台，按其建筑环境，还可分为室内、室外两种类型，但其建筑格式基本相同，全是三面开放的四面体房子形。室内的有戏园子（大型）和贵族宫室园林建筑内（小型）两大类。室外的，有设在大型四合院内的，这种类型的有多层的超大型台；还有面对广场或广阔水面的，所谓野台子是也。无论哪种台，一般全有楹柱联。

辛亥革命前后，对外开放的通商口岸引进西方近代戏院类型建筑。这种建筑的戏台是一面朝向观众的，也没有那明显的两根台前圆柱。于是，戏台联逐步消失。然而在此之前的清代中晚期，乾隆以下，特别是同治光绪年间，太平天国失败后，清朝中央以至地方政府粉饰太平，提倡戏曲，戏台联也就成为此种粉饰的一种小装饰，颇为盛行。联书中记载这一时期的戏台联语颇多，佳联不少。

总结明清两代特别是清代戏台联的写作特点，可以说，此种联大体上属于室内外装饰联的范畴。在写法上，遵循以下原则：

一、要突出戏剧行当特点。

二、要突出本地区甚至就是这个戏台所在地的特点，最好做到不可移易，也就是说，换个地方悬挂就显出不对劲，特色对不上啦。

三、针对戏剧观众多且各种层次、年龄的人都有的特点，撰写联语时必须具有群众观点。要做到雅俗共赏，老少咸能通晓。

以上三点，都是从内容方面着眼，形式方面呢：

四、必须量体裁衣，相度好抱柱联的长短宽窄尺寸，再决定字数和书写格式。这一点非常重要。因为许多大戏台常为层楼，所挂台联通贯下来，狭长，字数不宜过少。有的抱柱相当宽，又长，联语常须书写两行才合适，那就要写成“门字联”，忌讳“刀字联”。而室内小戏台则多半属于小巧玲珑类型，字数不宜过多。

戏台抱柱联，除了野台子临时随便张贴纸联将就了之外，大多数为木质，做工讲究，常为金字，黑色底或其他色底（常用红色或蓝色等），显示出金碧辉煌的风采。此种联常存在多年，可能与建筑共始终。所以写来务须慎重，要使之不愧为传世之作。

以下所举各例，从不同方面验证了上述观点。

建筑在各种寺庙、祠堂院落中或大门外广场上的室外戏台颇多，梁章钜《楹联三话》卷上有“武庙戏台联”（关羽被后代帝王封为“武圣人”，他的祠庙简称武庙）一则，有云：

浙中吴山顶庙为道光壬寅（按：道光二十二年，当公元 1842 年）重修，见有集唐句题戏台一联云：

圣代止戈资庙略；

｜｜｜——｜｜

群仙同日咏霓裳。

———｜｜——

武庙随处皆有，亦随处皆有戏台，而楹柱之联未有壮丽工切如此者。惜忘却何人所撰。出语系李群玉句，对语系李义山句也。

按：此庙之重修，正当1840—1842年鸦片战争中，英国军舰侵袭浙江沿海之后，所以梁氏对上联极有“工切”之感。

《楹联续话》卷四，载有：

京师和春部戏馆门外有集句联云：

和声鸣盛世；

———｜｜

春色满皇州。

—｜｜——

天然壮丽。云是张船山（问陶）太守所撰。

按：此联冠顶嵌“和春”二字。这是大门门联，字数不宜多。

扬州州治衙门内戏台联，王文治作：

数点梅花横玉笛；

｜｜———｜｜

二分明月落金尊。

｜——｜｜——

按：这是小戏台联，字数亦不宜多。此种戏台主要供官僚送往迎来和部属、家族等娱乐用，还需点出历史上与当时的扬州的一片繁华景象，衙门里的富贵气象。与此联异曲同工的有郑板桥为扬州两淮盐运使衙门戏台题联：

新声谱出扬州慢；

——｜｜——｜

明月听来水调歌。

—｜——｜｜—

按：“扬州慢”是南宋大词人姜夔特地为扬州谱写的词调，而“水调”则是隋炀帝开运河时创制的曲调。此联比上一联逊色，原因是禁不起推敲：姜氏的《扬州慢》是悼惜战乱后的扬州的作品，充塞着悲凉情绪。隋炀帝是昏君，开运河的功过暂且不提，“水调”传唱不久，他就亡国杀身了，这可是《后庭花》一类的歌曲呀！也许郑板桥是讥刺那些官僚，亦未可知。

下面介绍几副通用型的戏台联，多为野台子所用。先看一副乡村戏台联：

父老闲来消白昼；

丨丨———丨丨

儿童归去话黄昏。

———丨丨——

又，通用的通俗戏台联，集戏曲中成句，俗不伤雅，俗中有雅：

把往事今朝重提起；

丨丨丨————丨

破工夫明日早些来。

丨———丨丨——

按：这两联都可供临时张贴用。第二个联语主要为连续演出连台本戏而作，实为拉主顾的巧妙变相广告也。

二十世纪三十年代一处小戏台联：

舞台小天地；

丨—丨—丨

天地大舞台。

—丨丨丨—

当代北京市湖广会馆内舞台联：

魏阙共朝宗，气象万千，宛在洞庭云梦；

丨丨丨——　丨丨丨—　丨丨丨——丨

康衢偕舞蹈，宫商一片，依然白雪阳春。

———丨丨　——丨丨　——丨丨——

此戏台完全按中国旧式建筑规格恢复，故用此旧联。"魏阙"和"康衢"点明会馆在京师大道旁。"洞庭云梦"点明湖广地区乃古来帝王张乐之处，典出《庄子·天运》等书所载。"白雪阳春"用的是著名的宋玉《对楚王问》一文内故事，由于毛主席使用过此典，尽人皆知。

附：对联抄写方式

因为谈戏台对联的写法，牵涉到带有一般性的对联抄写方式问题，就附在这里谈一谈。

对联抄写方式，一行的，直接写下来就是了。两行以上的（包括两行），通常用以下三种方式之一种：

一种通称“门字联”，即上联由右往左写，下联由左往右写，两者相对，如“門”字。上下款中之上款，可写在上联右侧，另起一行，或由右往左数最后一行的下侧，主要看最后一行留下的位置够不够。下款则写在下联左侧另起一行，或由左往右数最后一行之下侧。此种写法最为通行。

另一种通称“刀币联”或“刀字联”“一顺联”。即上下联都是由右往左写，如顺排的刀币或刀字。上下款写在上下联两侧，或上下联最后一行之下半部分均可。此法越来越不通行，因为双“刀”不吉，特别在写寿联、喜联时严禁使用。

第三种少见，称为“比目联”，即上下联每行字都写到底，形成两个“目”字形。此法须算好字数行数。上下款各自另起，无法写在尾行。此法常用在吉庆喜事中，如作喜联、寿联（双寿）。禁用于丧偶、未婚者。

第三节　名胜园林联

名胜园林为大型景观，相对于上一节的亭、桥、戏台等具体建筑而言，面积大，内涵多，属于公共场所中带有综合、组合性质的。这些名胜园林又常经文人学士诗文歌咏，有许多历史典故可说。联家自然以这等地方为自己驰骋文才之处。楹联中，此类联占相当大的一部分，名联迭出。以下仅举脍炙人口的一些联语为例，挂一漏万：

先举最为大众景仰的成都杜甫草堂，佳联极多。先看一联：

异代不同时，问如此江山，龙蜷虎卧几诗客？

｜｜｜——　｜—｜——　——｜｜｜—｜

先生亦流寓，有长留天地，月白风清一草堂。

——｜—｜　｜———｜　｜｜——｜｜—

此联上联用反问句，增强了怀古吊古的跌宕气势，下联落实到诗人虽去而草堂长存。下面我们所引的朱德委员长为草堂所写的那一联亦同此一慨：

草堂留后世；

丨——丨丨

诗圣著千秋。

—丨丨——

朱德委员长这一联，言简意赅地把杜甫与草堂联系在一起了。再看郭沫若先生为草堂所写一联：

世上疮痍，民间疾苦；

丨丨——　——丨丨

诗中圣哲，笔底波澜。

——丨丨　丨丨——

上下联分别句中自对，上联称扬杜甫诗的主要内涵，即“人民性”；下联盛赞杜甫诗的艺术成就，即“艺术性”。与二十世纪五六十年代学习苏联“文艺学”的两大文艺批评范畴完全吻合，又以艺术性很强的对联手法出之，郭老不愧为大手笔。

集杜甫诗句为草堂联：

万里桥西宅；

丨丨——丨

百花潭北庄。

丨——丨—

此联不啻一个诗化的指路灯。

岳阳楼的旧联，拙见以下一联为最佳：

四面湖山归眼底；

丨丨———丨丨

万家忧乐到心头。

丨——丨丨——

此联堪称是《岳阳楼记》的高度概括。联作者比范仲淹还有幸：他到过岳阳楼，并非虚拟。

黄鹤楼旧联甚多，一般均灵活运用有关此楼典故，以及古人歌咏黄鹤楼的诗文，凑泊而成。今举二例：

一楼萃三楚精神，云鹤俱空横笛在；

丨—丨—丨——　—丨———丨丨

二水汇百川支派，古今无尽大江流。

丨丨丨丨——丨　丨——丨丨——

按：古代楚国之地分为东、西、南三楚。“云鹤”句融会唐代崔颢“黄鹤一去不复返，白云千载空悠悠”，李白“黄鹤楼头

—||||||　|——|———　—|——

吹玉笛，江城五月落梅花”，却落实到黄鹤已去——这是正面

—||　——|||——

用古人诗意，很平常，黄鹤已去是无疑的事；可是，连那千载白云都不复存在了——这是反用古人诗意，一个“俱”字下得奇！当然，说句玩笑话：撰写联语那天可能是晴天，故使作者发此奇想。那么，还剩下什么呢？吹笛者尚在。这就更奇特了，实际上，这是一代接续一代的凭吊者在。这个奇想就更不一般了。同时还隐含着撰写联语的时间——也在落梅时节。下联写江汉二水百流所汇，终古东流，感怀江山人事之意亦在言外。难得的是，虽然并没有包含如上联那样的奇思妙想，但气势尚能与上联相称，压得住阵脚，就算不容易了。

再看另一副：

何时黄鹤重来，且自把金尊，看洲渚千年芳草；

———|——　|||——　——|———|

今日白云尚在，问谁吹玉笛，落江城五月梅花？

—||—||　|——||　|——||——

读者可持此联与上举一联做比较：这一联是规规矩矩地贯串古人诗文典故，上下联中各抒发一些感慨。下联且以发问为结束，言外之意是没有人能像李白所写的古人那样风流蕴藉啦。若以书法作比，则上举一联是张旭草圣，此联乃欧阳公行楷也。

滕王阁的旧联亦甚多，大半也是灵活运用王勃名作，再加上相关典故，凑泊而成。在此基础上，“略工感慨是名家”矣：

滕王何在，剩高阁千秋，剧怜夷夏台隍，都化作空潭
———|　|—|——　|——|——　—||——
云影；
—|

阎某能传，仗书生一序，寄语东南宾主，莫轻觑过路
—|——　|——||　||———|　|—|||
才人。
——

拙见以为，此联乃是滕王阁旧联中翘楚。联作者文史之学俱优。灵活运用此阁相关典故，包括王勃作序典故，以及王勃名作中成句，已经达到出神入化地步。“阎某”的“某”字，颇

有考据家存疑不定案之风。有人说这位阎某是阎伯屿，并无根据，时代也对不上。他还是仗着王勃大作，才能侥幸留姓未留名的呢。上联乃凭栏怀古常语，不过气势沉潜，足以与下联并列。精彩处全仗下联振起，为知识分子扬眉吐气。料想作者定是怀才不遇的“过路才人”！

下面一联，就是一位十分谦虚的作者撰写的了：

我辈复登临，目极湖山千里而外；

丨丨丨——　丨丨———丨—丨

奇文共欣赏，人在水天一色之中。

——丨—丨　—丨丨—丨丨——

上联前五字引用孟浩然诗句；下联用陶渊明诗句作对，也是江西省本地风光。以集句起。“湖山千里”取自韩愈《重修滕王阁记》；“水天一色”由王勃《滕王阁序》名句“秋水共长天一色”化出。作者的文学水平颇高，态度也很谦逊，于不显山不露水中显露出才华。

最后，再举几个楼。这些楼虽不如岳阳楼、黄鹤楼驰名海内外，但是联语却有撰写得极好的。

江西省九江市庾楼联：

半壁江山，六朝雄镇；

丨丨—— 丨——丨

一楼风月，几辈传人。

丨——丨 丨丨——

上联写九江在历史上的政治和地理上的重要地位，下联写庾楼对本地文化的影响。上下联属对匹配得已经很谐调了，兼用句中自对法，更觉工整。

邵武城中诗话楼，为纪念南宋著名诗论大名家严羽而建。有极好的一联：

隐钓风分七里濑；

丨丨——丨丨丨

品诗意到六朝人。

丨—丨丨丨——

上联用东汉初年“严光钓隐富春江”故事，点出严羽同为严姓高隐。这是切姓氏和人格。下联推崇严羽所著《沧浪诗话》可与我国第一部诗话著作——六朝钟嵘的《诗品》比肩。这是切著作与学术贡献。全联淡雅恬和，能与严羽为人相称，所以为高。

安徽省马鞍山市太白楼，建在著名的采石矶上，旁边就是相传李白捉月投江的“捉月台”。据清代梁章钜编著的《楹联丛话》等书记录，此楼中佳联颇多。

王有才撰写的联语：

我辈此中堪饮酒；

丨丨丨——丨丨

先生在上莫题诗。

——丨丨丨——

联系李白和此楼以及后来人，十四个字把三方面都照顾到了，又很谦虚。所以梁氏认为最佳作品。

齐梅麓有集句一联：

紫微九重，碧山万里；

丨—丨— 丨—丨丨

流水今日，明月前身。

—丨—丨 —丨——

上联用的是李白文集中原句，下联用司空图《二十四诗品》中的句子。上联委婉地表达出李白迁谪中虽不得志尚且心胸旷达，下联则双关李白捉月传说。写失意，写逝去，写得极美，毫无衰飒之气，偏有飘飘欲仙之概。如果不借用集句，恐怕就难以办到了。

吴山尊有著名的一联：

谢宣城何许人？只江上五言诗，令先生低首；

| — — — | —　| — | | — —　| — — — |

韩荆州差解事，放阶前盈尺地，让国士扬眉。

— — — — | |　| — — — | |　| | | — —

此联中活用了李白“令人长忆谢玄晖”等诗句中所表达的景仰之情，以及李白《上韩荆州书》的典故。上联表面谦虚，实则隐含郁勃之气。下联借李白的酒杯，浇不得意的知识分子之块垒。要知道知识分子的一生中总会有坎坷之时，也都有自负之处，所以不管现在得志与否，大家看了此联，都会涌出异样的心潮。

再举两联：

诗酒神仙，天自梦中传采笔；

—｜——　—｜｜——｜｜

楼台花月，人从江上拜宫袍。

———｜　———｜｜——

此联的优点是：把有关李白生平以及和此楼的联系、后来人的景仰，全都写进去了。作者为李漳。

公昔登临，想诗境满怀，酒杯在手；

—｜——　｜—｜｜—　｜—｜｜

我来依旧，见青山对面，明月当头。

｜——｜　｜——｜｜　—｜——

这一联的写作特点，一是上下联后两个分句各用一个领字领起；二是句中自对，互相间还形成工对；三是内涵情景交融，古今化合错综为一体：我所想所见，即当年李白所见所想。所以为高。作者为胡书农。

江苏省镇江市焦山松寥阁，陈鹏年联：

月色如昼；

｜｜—｜

江流有声。

——｜—

上联绘色，下联绘声。仅仅八个字，气象宏阔。后来金山明月亭亦袭用此联，但将“色”字改为“明”字，虽然平仄较前略有不调，可是“明”字带来视觉上的光明，艺术感觉加强。这种认识是从学于我的老师林静希（庚）先生时，听讲唐诗“春草明年绿”中的“明”字，说是大大优于另一种版本的“春草年年绿”，才悟出的。不过，现在的镇江金山，较之清代撰联时，已经离江岸远多啦。笔者在金山寺住过几天，听不到江声。焦山倒是在大江中。

江苏省南通市狼山是该地名胜，有一联云：

长啸一声，山鸣谷应；

—｜｜—　——｜｜

扬眉四顾，海阔天空。

——｜｜　｜｜——

本联妙在双关：写人乎？写狼乎？气象也有“登泰山而小鲁”之概。

清季丁柔克《柳弧》卷四“一联千金”条：

> 纯庙（**按：乾隆帝**）将至金山（**按：镇江金山寺**），江苏官绅无不争先恐后挂对、上匾，欲一经御览则不胜荣幸。一名士见一观察曰：“君如能送我千金，我做一联，若不蒙御览，千金情愿奉璧。如蒙御览，君勿失信。”观察喜诺之，果蒙上赏，并首肯者再。其联曰：“东去江流无昼夜；
>
> —｜———｜｜
>
> 南来山色有春秋。”十四字也。名士得金后，有人问之：“何
>
> ———｜｜——
>
> 以知其必蒙赏鉴？”名士曰：“君等不留心耳。夫圣上万几，况警跸尊严，虽游观之乐，必取其简易明显者观之。若做长联，再咬文嚼字，哪有工夫细细看之讲之，如看书然？吾以七字，再大书之，白底黑字，一览无馀，对文再佳，未有不蒙首肯者也。”

皇帝游览是匆匆一过，当代大部分游客又何尝不如此！这个经验很可供后代联家撰联时参考。辩证地想，对联研究者与爱好

者就不应像乾隆皇帝，前呼后拥，一哄而过。遇有佳联林立之处，即或只一联足以瞩目之地，千万要伫立细细观赏。既欣赏内容，也品评书法和载体，等等。长此以往，经验丰富了，自然成长为楹联学家。

第四节　祠堂与纪念堂联

中国古代的祠堂特别多，当代的纪念堂也有不断增多之势。它们的共同特点是带有纪念性质。它们往往成为当地的一种名胜，供后人吊古追怀之凭借。它们也是具体的乡土历史教材。按习俗常规，祠堂与纪念堂中楹联必不可少，它们也成为传统联语的一大宗。

祠堂联

撰写祠堂联，最好做到不可移易，即只可用在悬挂之地，不能他移，这才算点题到家。

河南汤阴岳飞庙联云：

千秋冤狱莫须有；

———｜｜—｜

百战忠魂归去来！

｜｜———｜—

下联落实到原籍，与上联亦铢两相称。

岳飞祠堂中，最主要的一座自然是杭州西湖岳庙，庙为祭祀岳坟而建。原来庙中佳联林立，其中有一副年代较近的现代文学家刘大白（1880—1932）撰写的联语：

子孝臣忠，决战早成三字狱；

｜｜——　｜｜｜——｜｜

君猜相忌，偏安还赖十年功。

——｜｜　———｜｜——

对仗工整，平仄调谐，矛头直指民族千古罪人的昏君奸相。在日寇侵占我国东北并在上海挑起“一·二八”战事之际，此联的借古讽今之意是非常明显的。

“文化大革命”中，岳庙和岳坟也遭到破坏，是非颠倒，倒行逆施竟至于此！回想起来，令人慨叹。“拨乱反正”后重修，笔者所见，新撰写的联语中，当以中国佛教界领袖赵朴初老先生一联称最：

观瞻气象耀民魂，喜今朝祠宇重开，老柏千寻抬望眼；

——丨丨丨——　丨———丨——　丨丨———丨丨

收拾山河酬壮志，看此日神州奋起，新程万里驾长车。

—丨———丨丨　—丨丨——丨丨　——丨丨丨——

也是对仗工整，平仄调谐。“老柏千寻”用杜甫诗《古柏行》全诗，读其中“柯如青铜根如石”“黛色参天二千尺”（形容英雄植根于人民心中），“冥冥孤高多烈风”“苦心岂免容蝼蚁”（形容英雄人物支撑危局遭到小人围攻），“大厦如倾要梁栋”（呼唤英雄人物挽救时局）等诗句，再结合下联的乐观气氛，便能感受到改革开放后的全新气息。此联与上引刘大白一联，时代气息都十分浓郁。这是古为今用的一种写作方法，笔者拙见，认为应该提倡。再和岳庙中原来的一副名联对读，更能引起那个时期人们的强烈共鸣：

正邪自古同冰炭；

丨—丨丨——丨

毁誉于今判伪真。

丨丨——丨丨—

这一副联是口诛笔伐的典型作品。

江苏宜兴是“除三害”的周处的老家，有祠堂。县令齐梅麓撰联：

朝有奸党，岂能成将帅之功，若教仗钺专征，蛟虎犹
—｜—｜ ｜——｜｜—— ｜—｜｜—— —｜—
非对手敌；
—｜｜｜

世无圣人，不当在弟子之列，谁信读书折节，机云曾
｜—｜— ｜—｜｜｜—｜ —｜｜—｜｜ ——
作抗颜师！
｜｜——

张伯驹评议说：“词意激昂，足当一首传论。”上下联重复“之”字，我们在前面已经说过，源自骈文，可以容许，但最好在有分句的较长联语中出现，借以冲淡用语中的小疵。此联慷慨激昂，更足以借之冲淡。

枭矶（谐音“枭姬”，盖以刘备有“枭雄”之号）为孙夫人投江处，本难以指实，可是中国人爱建立祠堂祭祀，亦无不可。相传为徐文长撰写的联语十分出色：

思亲泪落吴江冷；

——｜｜——｜

望帝魂归蜀道难。

｜｜——｜｜—

联中活用原为专名词的“吴江”（在此可理解为吴国地界的江）、“望帝”（在此可理解为遥望已即帝位的刘备），还有“思亲”。既可理解为因原来怀念母亲而归吴的悔恨，也可把“亲”字曲解为夫妇的亲切感情。“吴江冷”“蜀道难”又同为曲调名称，化用成辞入妙。

江苏高邮露筋女郎祠堂联：

荷花开自落；

———｜｜

秋水净无泥。

—｜｜——

为露筋女郎立祠堂祭祀，源于一个民间故事：一位少女和她的嫂子赶路回家，中途天晚遇大雨，本来是可以到路边的一座庙里去休息避雨的，可是庙里住着一伙坏蛋。那位嫂子进去了，料想是受辱了。少女躲在庙外树丛中，雨夜蚊子多，把她咬死了，咬得都露出筋骨。此后就将这个庙改为祭祀她的祠堂。此联纯用比喻，意在言外。少女高贵的品格和哀悼青年夭逝的淡淡的哀思，都凸现在联中。

洞庭湖柳毅祠堂，本于小说。左宗棠应科举考试，过此题联：

迢遥云路三千，我原过客；

———｜——　｜—｜｜

管领重湖八百，君亦书生！

｜｜——｜｜　—｜——

自负之情跃然！

周瑜，再带上小乔，自是千古风流人物。他们俩的祠堂中，联语上好的不少，兹举笔者认为出类拔萃者一联，以概其馀：

姻娅君臣专阃外；

—｜———｜｜

夫妻人物冠江东。

———｜｜——

有的联语，以别有见地的议论见称。如淮阴漂母祠堂联：

姓氏隐同黄石远；

丨丨丨——丨丨

英雄识在酂侯先。

——丨丨丨——

同在淮阴的韩信祠堂，有一联云：

气盖世，力拔山，因君束手；

丨丨丨　丨丨—　——丨丨

歌大风，思猛士，为子伤神。

—丨—　—丨丨　丨丨——

这副联上下联的前两个分句是句中自对。

还可对照着看看张良祠堂的一副名联：

从龙逐鹿两茫然，妙用无方，何害英雄同儿女；

——丨丨丨——　丨丨——　—丨————丨

黄石赤松皆戏耳，善全有术，不遭烹醢即神仙。

—｜｜——｜｜　｜—｜｜　｜——｜｜——

“从龙逐鹿”“黄石赤松”是占半句的句中自对。此种对法，容易使人忽略它们相对时的不工。因为，动宾或动补结构与偏正结构都是一主一从，与并列结构大不相同。要是用并列结构的词语与主从类型的作对，就很容易看出来啦。

有的联语集古人诗句词语等，甚至就用所祭祀的那位名人自己写的，那就更好了。如杭州西湖苏东坡祠堂联，集苏氏诗句：

泥上偶然留指爪；

—｜｜——｜｜

故乡无此好湖山。

｜——｜｜——

上联取自《和子由渑池怀旧》，“雪泥鸿爪”是苏轼创作的著名比喻。下联取自《六月二十七日望湖楼醉书》，乃西湖本地风光。

眉山是“三苏”的故乡，据清代梁章钜编著的《楹联丛话》卷四中记载，那里：

楹联林立，殊少佳构。……刘锡嘏集句一联云：
江山故宅空文藻；（杜甫《咏怀古迹五首》其二）
——｜｜——｜
父子高名重古今。
｜｜——｜｜—

梁氏对此联的评论是“亦佳”。这也是集句成功之一例。

纪念堂联

古代的祠堂与当代的纪念堂，从楹联撰写的角度方面看，写法基本相同。特别是给古人建立的纪念堂，撰写楹联时，除了带有当代人的新意之外，写法上也跳不出古人窠臼。试举数联为例：

郭沫若写作山东济南李清照纪念堂联：

大明湖畔，趵突泉边，故居在垂杨深处；
｜——｜　｜｜——　｜—｜———｜

漱玉集中，金石录里，文采有后主遗风。

｜｜｜—　—｜｜｜　—｜｜｜｜——

前两个小分句句中自对，上联中地名对地名，下联则书名对书名，在允许宽对的范围内，因而均不工。两个结句亦非工对。此联以内容取胜：上联点明纪念堂所在，前十个字十分确切落实，绝不能迁居的了。下联点出李清照在文学和考古两方面均有突出贡献，把《金石录》的著作权明确地给了李清照一半，具有卓识。同时还点出李氏文风于哀婉中带有豪迈风格。把李后主的风格和李清照进行比较，认为有前后递嬗关联，也是郭沫若的新见解。

郭沫若题蒲松龄故居联：

写鬼写妖，高人一等；

｜｜｜—　——｜｜

刺贪刺虐，入骨三分。

｜—｜｜　｜｜——

此联概括性极强，将蒲氏创作的主要内容、所针砭的时弊写出。老舍所作内涵实质上与之相同：

鬼狐有性格；

丨—丨丨丨

笑骂成文章。

丨丨———

更有援引原著书名，灵活运用于联中的：

一代文章辉子夜；

丨丨———丨丨

满腔心血化春蚕。

丨——丨丨——

“辉”字为使动用法。按茅盾原意，“子夜”当指旧社会黑暗到达极点，将要向孕育的新社会过渡之时。上联喻指茅盾的《子夜》恰似黑暗中的一盏明灯。下联也是活用茅盾《春蚕》入联。这是吾师吴小如先生为茅盾纪念馆撰写的联语。此种援引方式，必须做到大方而不显佻巧，严肃而又文采斐然。吴先生此联完全做到了。

第五节　门联与行业联

中国式的大门全是两扇，正可作为载体供油漆书写之用。有的帝王之居、官府衙门、祠堂等处大门特大，又有门钉。此类大门前必有门柱，可供悬挂拱形抱柱式门联。至于老百姓家居的大门，往往把对联就书写在两扇门上，那是名副其实的门联了。中国的大小工商业店铺行业等，也常在大门口书写悬挂行业性质很强的联语。所以，可以把门联和行业联算作一类。作这种联，应该带出行业、机关性质、姓氏等需要表达的本身特点。常用的手法有：

一、嵌字法：多用于工商业部门，主要手法是把店堂字号嵌入上下联。下举数联为例：

中原新气象；

———｜｜

华国大文章。

—｜｜——

辛亥革命成功，民国元年一月一日中华书局开张，大门即张挂此联。冠顶嵌“中华”二字。此联饱含时代气息。

咸亨酒店门联：

咸来饮酒；

——｜｜

亨运占爻。

—｜——

也是将“咸亨”二字嵌在开头。

将行业牌号嵌在联首，使人能首先看到，所谓先睹为快。而且，如果牌号是两个平声或两个仄声的话，放在起首，便于全联在馀下的字句内安排平仄。这在两个字牌号的字号上是最常用的。至于三个字的字号联，就比较麻烦些。

谷向阳、何惠琴编著的《中国店堂对联集成》（北方妇女儿童出版社，1986）一书的后半部分，全是“店堂牌号嵌字联”，可供创作此类联语时参考。

二、用比喻，使典故，采取双关或其他各种修辞手法，将某种行业的相关特点关合在内。例如，过去的理发业，就有一些在这方面创作得很好的佳联，有的至今脍炙人口：

虽然毫末技艺；

———｜｜｜

却系顶上功夫。

｜｜｜｜——

就我生春色；

｜｜——｜

逢人作好容。

——｜｜—

到来尽是弹冠客；

｜—｜｜——｜

此去应无搔首人。

｜｜———｜—

不教白发催人老；

｜—｜｜——｜

更喜春风满面生。

｜｜——｜｜—

下面再举撰写得好的几副行业旧联：

纺织厂联（用于绸布店亦可）：

经纶天下；

———|

衣被苍生。

—|——

制笔业联：

囊中脱颖；

——||

梦里生花。

||——

眼镜店联：

胸中存灼见；

———||

眼底辨秋毫。

|||——

好句不妨灯下草；

|||——||

高龄可辨雾中花。

——丨丨丨——

还可举一副当代“状元红名酒”征联中的获奖联：

千载龙潭蒸琥珀；

—丨———丨丨

十年蚌石变珍珠。

丨—丨丨丨——

有关这次征联的情况，以及这副优胜联语的赏析，在常江的《对联知识手册》中有详尽介绍。我这里就不赘述了。

三、从上举联语中可以看出，门联和行业联不宜太长或过短，一般起码是四个字，多则到七八个字就可截止。要使看的人一目了然。虽短，要有气魄，有韵味。此种联往往能张挂多年，既是店铺的一种特殊招牌，也是撰写者给自己留下的记录。下笔时切宜着意也。

下面，再列举一些有定评的优秀行业联：

酒店饭馆联：

清代钱泳《履园丛话》卷二十一“者者居”条：

……如酒店匾额曰“二两居”，楹帖曰：

刘伶问道谁家好；

——｜｜——｜

李白答言此地高。

｜｜｜—｜｜—

在处皆有。河南永城、睢州一带，又有酒店一联云：

入座三杯醉者也；

｜｜——｜｜｜

出门一拱歪之乎。

｜—｜｜———

已足供喷饭矣。……又山东济南府有酒店曰“者者居”，余不解。……有一土人在座，答曰：“此出之《论语》。”余问曰：“《论语》何章？”曰：“‘近者悦，远者来’也。”

｜｜｜　｜｜—

一时为之绝倒。

梁章钜《楹联丛话》卷十一记载：

闻有集前人句题酒家楼者，云：

劝君更尽一杯酒；（王维《渭城曲》）

丨—丨丨丨—丨

与尔同销万古愁。（李白《将进酒》）

丨丨——丨丨—

可谓工绝。

茶馆联：

《楹联丛话》卷十二又载杭州藕香居茶室集苏东坡诗句联：

欲把西湖比西子；（《饮湖上初晴后雨》）

丨丨——丨—丨

从来佳茗似佳人。（《次韵曹辅寄壑源试焙新芽》）

———丨丨——

切西湖本地风光，切品茶。与上引酒楼联均为难得的不可移易的集句。

乐器店：

曲中传妙理；

丨——丨丨

弦外得幽情。

—｜｜——

高山流水；

———｜

白雪阳春。

｜｜——

糖果店：

含饴宜稚子；

———｜｜

掷果有佳人。

｜｜｜——

石匠作坊：

匠心施砥砺；

｜——｜｜

顽石作琳琅。

—｜｜——

鞋店：

登堂入室；

——｜｜

步月凌云。

｜｜——

这些都是字少而质量高的联语。注意：字少，平仄必须调谐。

四、撰写行业联，为的是作和气生财的辅助。一定要做到一团和气，抬高本行业的身份。就是偶然带出一点戏谑，也得适可而止。不然，后果难言矣！《楹联续话》卷四载有一则：

相传有一剃发店乞联于狂士者，大书云：

磨砺以须，问天下头颅有几？

—｜｜—　｜—｜——｜｜

及锋而试，看老夫手段如何！

｜——｜　｜｜—｜｜——

数日间，客皆裹足不前，其店顿闭。

这副联，后来许多联话类书籍都引用，说写得好，有人还说是石达开写的。实际上，从根本上说，揣测此联的写作动机，戏谑的成分居多；造成的客观效果则十分迅速与恶劣。所以，从写作行业联的正轨看，决不能提倡人们学习。

以上所举，大多是行业联。真正的门联，即住户门联，现在已经极少见了。听说南方乡下还时兴。据我自少年时所见，北京住户门联变化不大，常用的不外“忠厚传家久；诗书继世长”

—｜——｜　——｜｜—

等，品种不多。老人家说，京师辇毂之地，不宜太特殊，以免贾祸。我想，有一定道理。

第七章　宗教楹联

当代中国内地有五大宗教：佛教、道教、伊斯兰教、天主教、基督教。在利用楹联来为传教服务这一点上，各个宗教略有等差。佛教，特别是汉化佛教，在这方面可以说是做得最成功的，我们特列一节以述之，其他宗教则合述于另一节。读者可能注意到，我们在前面用的术语都是“对联”，此处改用“楹联”。为什么？目的是让大家理解：宗教楹联的内涵都是很严肃的，佛教有时带点调侃，道教对吕洞宾等仙人开点玩笑，也都在可以容许的范围之内，这是一；宗教楹联的文化内涵都很丰富、古雅，这是二。因而，我们使用“楹联”这个术语以概括之。

第一节　佛教楹联

佛教在发展过程中分为汉化佛教（大乘佛教、北传佛教）、藏传佛教（喇嘛教）、南传佛教（小乘佛教）三大流传派系。中国是三大派系齐备的国家。其中，汉化佛教利用楹联最为积极。现在，就以汉化佛教寺院内的楹联为代表，说一说佛教楹联。

佛寺内外，尤其是佛殿内外，常有许多楹联悬挂。其中抱柱长联最多，佛龛联也有一些，方丈、客堂等处往往也悬挂楹联。楹联在佛寺中可说是无处不在。从内容方面看，联语的佛学内涵自不消说，关合本地风光、地区与寺院的历史与典故的也有不少。它和匾额在一起，是首先映入随喜者眼帘的寺院文字作品。此外，常见的还有书画作品以及立在寺院内外的石碑等。比较起来，匾额字少而内容雷同者多，信息量不大。丰碑大碣，能在短暂的随喜时间里通读者不多。诗文书画轴、屏等一般只在方丈、茶堂等处悬挂，外人不容易见到。只有楹联，在寺院中到处可见，传递的信息长短适中，并且兼具文学、书法、工艺美术等诸元内涵，又是殿堂内外装饰艺术的不可或缺的一部分。至今，作为室内外装饰性对联，宫殿、公署、学校、工商业等处所已经不大发展和使用了，而寺院中却是方兴未艾。而且，因为楹联常作为信士布施之一种，随着寺院翻修、金身重塑，楹联也在时时更新，特别在改革开放后更是如此。

我们查对过三部中国内地新出版的大部头对联集——《中国对联大辞典》（中国友谊出版公司，1991），顾平旦、常江和曾保泉（曾氏已于1996年7月28日逝世，顾氏亦于2004年逝世）主编；《中华名胜对联大典》（国际文化出版公司，1993），常江编；《中国对联大典》（学苑出版社，1998），谷向阳主编——发现其中所录大部分楹联现已不在原来的寺院中悬挂；又有许多新对联出现，而为三书所未收。可见更新之快。

适合楹联存在的汉化佛教寺院大环境

众所周知，楹联的兴盛期是从明代到新中国成立前，特别是在清代乾隆嘉庆的盛世到民国初年这一时期。其品种主要有春联、喜联、寿联、挽联、行业联、室内外装饰联等。我们认识到，作为整体性的室内外装饰艺术的一部分，楹联的兴盛，和下述两种大环境分不开：

一种是中国式（特别是汉族的，汉化的）室内外装修、布置、美化等的大量需要。而新式的即多少带有西方色彩的室内装饰与家具设备等安排，则与悬挂楹联多少相抵触。最明显的是贴在大门或门框上的春联、门联，得有中式双内开的两扇门，外加较宽的门框为载体才行。当然，中国传统文化的应变能力是很强的，纯中式带落地罩的大客厅中，摆上几只沙发也不显生愣，甚至悬挂裸体维纳斯像油画——前提是画得好——也行，只要显出雅致便可。话又说回来了，太俗气的，就是中国人自己的出品，如某些俗称“香烟画”的大美人招贴画和当代流行的品位低的年历画，那可是不登大雅之堂的了。不过，彻底西方化的地方，如凡尔赛宫，不用说找不着挂楹联之处，即使勉强悬挂，效果也奇特得很呢。新中国成立后，大量兴建的是火柴盒类型西式住宅，一律西式单开一扇门，门框窄得只容安电铃，所以尽管这十几年来年年大搞春联评奖，更邀请知名书法家助兴书写，可最后往往是送联下乡给农民兄弟。现在农村大盖半西式小楼，门扇常常改为单开，我看这条上山下乡之路也快走到头啦。

当代中国内地重新翻修四合院式院落等中式建筑的，主要有佛寺道观和名胜旅游点内的亭台馆阁。最具备条件而又必须悬挂楹联的，就在这些地方了。

另一种大环境，实际可说是某种大环境中的“小环境”，指的是室内装饰要留有悬挂楹联的馀地。按当代一般城市居民的居住条件，这一点是很难做到的。现在中国内地老百姓居住的大环境，普遍反映为一个“挤”字。这个挤更反映在居室之中。爱好悬挂楹联的人群主要是知识分子阶层，而现在这些人的居住条件，由于改革开放后购入的书籍等资料多，即使进了三室一厅，也还是挤。许多人反映“没有墙了”，就是说，除了门和窗户以外，其馀的墙几乎全被高及屋顶的书柜、组合柜等给挡上啦。往哪儿去挂楹联呢！至于时兴的用一面墙安大镜子或是大玻璃风景画来装饰房间的人，往往文化水平有限，家里没几本书，也就想不到楹联那里去了。寺院则不然，空墙有的是。即使为了附庸风雅，也得考虑在方丈、茶堂等处来上几副楹联。何况“一笑拈花转悟禅”，能参禅的和尚不俗啊。

准此，在当代中国内地，适合悬挂楹联之处，佛寺算是一大户。

楹联成为汉化佛教“庄严”的一部分

从明清楹联盛行以来，佛寺似乎算是用联最多最积极的了。各个殿堂内外，堪称满目琳琅。可以说，除了过去的春联市场外，只有极个别的风景点，才能做到像佛寺这样似联林一般。道教庙宇虽然急起直追，似乎还没有做到像佛教寺院内外那样红火，别的宗教的会堂、礼拜堂就更显得不够啦！为什么会这样？拙见以为：

这与近代佛教的汉化程度极高很有关系。佛教是很注意针对社会上的普遍爱好来布菜碟的。道教自恃土生土长，可能反倒忽略了这一点。可以说，在认识到楹联能直接地、较通俗而生动地宣传教义方面，佛教是有深刻理解又能大力推行的。

这与佛教极为重视殿堂布置，并提高到理论上来加以阐明最有关联。众所周知，佛教的殿堂布置特称为“庄严”（梵文vyū ha的音译），指的是布列严加修饰的各种宝物、花卉、幡幢、宝盖、璎珞等等，用以严净装饰佛土与道场。关于这方面的事，笔者在《讲“庄严”》一文中有概略的介绍，该稿发表于《中国典籍与文化》杂志1996年第4期，后来收到《汉化佛教法器服饰略说》（商务印书馆，1998）一书中。请有兴趣的读者自行检阅，这里不再多说。要说的只是：大约在明代以来，随着楹联在中国社会上的大流行，佛教也顺应时代潮流，在殿堂内外大量地使用起楹联来。既然在殿堂内悬挂楹联，就得把楹联看成庄严的一部分了。慢慢地，楹联就进入了殿堂内外庄严的行列。由于它加入较晚，而且没有佛说的经典以为证明，所以它算不算是庄严的一种，就得论证一下了。

笔者认为，佛寺内外的楹联，特别是殿堂内（也可包括殿堂外墙上的楹联），肯定是庄严的一部分。从种类上讲，它也自成一类。理由是：从佛教经典中所讲的原则推论，凡装饰、修饰佛土、道场的，能增加、烘托那里的严净气氛的事物，均可以庄严物视之。从这方面看，制作精湛、内涵丰富、辞藻华美的楹联，不但应视为庄严中的一类，更可视为汉化佛教创造的一种最能表现庄严内涵的庄严。

为什么笔者这样说，下面从两个方面来谈。

一般来说，作为一种室内外装饰，总是希望它传递给人们的信息越多越好。要是能更直接些，当然就更不错啦。通过文字传达的文化信息，一般总比绘画等更为简捷明了。此外，更能表达多样性的因地制宜的内容。人们进入殿堂，看见幡、幢、盖，以及钟、鼓、木鱼、磬，还有长明灯、供桌、三具足等庄严物，千篇一律，只说明这里是一座佛教殿堂而已——当然，做到能完美地证明这一点，也是不可或缺的，对促使信徒膜拜起很大作用。进一步，如果能结合佛教学理、寺院建设、本地风光等，给随喜者以更多的文化信息，岂不更好！壁画等绘画能负担一些这方面的任务，可是，汉化佛教寺院中的壁画题材就是那么一些，很难有新的突破。幡幢等庄严物之上容许有文字，但内容也只限于某些经文、咒语、佛名等。总之，能直接传达给人们的信息太少。文化水平高的施主会感到不满足。

匾额是常与楹联配合，悬挂在寺院内外，主要传达文字信息的。但匾额的字数少，信息量有限，灵活性较差，制作起来费时费力费钱。而楹联就不同了，它可长可短，载体多样化，可奢华能节约，视财力和悬挂地点而异。从内容上看，也更具灵活多样性质。所以，楹联虽为新进，当人们感受到了它的优越性以后，便大量采用，成为殿堂中常设常新的“庄严”主力军。

从另一方面看，楹联是汉族的创造，是汉语、汉字、汉文化、汉文学共同培育出的新生儿。它是汉族以至整个中华民族喜闻乐见的一种民族形式的社会交往文化产品。汉化佛教认识到这一点，并将它融入庄严中去，这是极为聪明的举措。佛教之能稳固地立足于中国，并发展成汉化、藏传、南传三大派系鼎立，与它能“到什么山上唱什么歌”有密切关系，这也是人们的共识了。匾额与楹联，就共同提供了一种新的例证。

再进一步看，由于楹联比匾额需要更多的汉语、汉字、汉文化、汉文学等方面的实际支持，中国以外的佛教寺院，除了华裔在国外建立的以外，悬挂楹联的不多。举日本为例，就是如此。这当然与日本人照搬和守旧有关。他们的求法僧人从唐朝、宋朝学了去的还没有楹联呢。可是近现代日本和韩国新建的寺院中也很少有他们自己人创作的楹联（匾额倒是随处可见），说明楹联的创作似乎比律诗还难呢。无妨认为，楹联是中国汉化佛教基本上自家独创独有的新庄严物呢！

使用楹联在寺院中呈方兴未艾之势

前面已经提过，中国内地实地使用楹联呈萎缩情状。可是，在寺院中，特别是在“文化大革命”后复兴时，楹联的使用又呈方兴未艾之势。这与施主布施很有关系。有的文化水平高的或对楹联有偏爱的施主，往往在僧人的怂恿、祈求下，布施楹联。所布施的楹联，不但内容要求质量好，以便垂之久远，从书法到工艺制造也追求尽善尽美。试想，一副几乎与楹柱取齐的抱柱楹联，金字法书，读来音调铿锵，文辞优美，是一件多种艺术的结合体，足以传世。那么，这笔钱也不算白花了。据说在“文化大革命”“破四旧”的时候，有的“红卫兵”看见某些这样的楹联确实是艺术品，而且很难摘下来，也就给殿门贴上封条，走人啦。知识分子房间里的纸裱的对联，可是大多数逃不掉撕毁、焚毁的命运。

这与佛寺不断地广求布施很有关系。佛寺求布施，无有已时。特别是在翻修、重修殿堂之时，可能同时布施来许多楹联，为了扩大宣传，为了博得所有施主的欢欣并交代此项布施的去处，只可在全寺中凡能张挂、镌刻之处普遍使用。此外，过了一段相当长的时期，新的布施又到了，于是只可撤换一批看来不重要的——重要不重要，僧人是很会在政治性、艺术性两方面考虑的。说句玩笑话，此种撤换，与照相馆的调换橱窗中照片有异曲同工之妙。曾有人说，北洋政府时期的北京照相馆橱窗里，总统、司令之类人物的照片撤换很快，只有梅兰芳大师的，却是虽换而常年常新。

当代寺院楹联举隅

明乎以上诸点，再来看当代汉化佛寺中的楹联，许多问题便可了然于心。

“文化大革命”以后，中国佛教协会所属的各地寺院重新恢复。在对待和使用楹联方面，都采取了积极的态度和作法。也有些具体的新特点，可以提请随喜者注意的。此处先举一些新撰写的楹联为例：

一是大护法的新撰楹联。此种楹联必定安置在大殿等处最显眼的位置，其用意不必再说。当代最大的护法，自然是赵朴老。朴老的政治地位也不必再说，难得的是，老人家既是制联圣手，复为书法名家。三美兼具，而且还不难求，只要合理合法，一般是有求必应。于是乎大江南北各寺院均以得朴老此种墨宝为荣。以下略举两联，以窥一斑：

正道示周行，遍十方宝树金绳，戒香梵钵；

丨丨丨—— 丨丨—丨丨—— 丨—丨丨

觉王开净土，试四望松风水月，仙露明珠。

丨——丨丨 丨丨丨——丨丨 —丨——

这是为吉林省敦化市正觉寺写的楹联，悬挂在该寺大殿内大佛前两柱上。此寺是美籍华人释佛性法师（比丘尼）以在美洲募捐所得重新修盖。新址坐落在该市历史名胜风景游览区六顶山，侧傍山峦，下临水库，堪称风水胜地。此寺是尼寺。联语中隐括以上诸方面情况，同时，用唐太宗御制的《大唐三藏圣教序》中以“松风水月未足比其清华，仙露明珠讵能方其朗润”之语赞美玄奘其人的典故，朴老以双关称誉立寺之地与自国外归来建寺之比丘尼，以深含不露的形象化的诗的语言表达，再加上一笔潇洒的苏体字，乃写作俱佳的必传之作也。

宗依法华，判释五时八教；

——丨— 丨丨丨—丨丨

行在止观，总持百界千如。

—丨丨丨 丨—丨丨——

这是为天台国清寺方丈楼所写的楹联，紧扣天台宗教义和传法者的身份，是不能易地张挂的。作联能切题到如此地步，是极不容易的。

此外，当寺方丈级大和尚也有擅长制联并兼擅书法的，特别是如果还担任着中国佛教协会副会长等一类级别的职务的话，他们所写的楹联同样受到极大重视。下举明旸法师为天津大悲院撰写的两副对联：

如是妙相庄严，灵山会俨然未散；

—｜｜｜——　——｜｜—｜｜

本来佛身清净，菩提道当下圆成。

｜—｜——｜　——｜—｜——

了真空，不为色声香味触法所转动；

｜——　｜—｜——｜｜｜｜｜｜

常念佛，当从眼耳鼻舌身意下功夫。

—｜｜　——｜｜｜｜—｜｜——

两副楹联都是为大殿所作，也都是从佛法角度写的。

二是大护法或方丈或名家应大施主之请撰写的楹联。这可是极有脸面的事，在当代，非身份特殊如外籍华人、台港澳同胞等，外加布施极多者莫办。这让我们联想到国内若干大学内的“逸夫楼”之类匾额与题辞，不过比那些匾额、题辞可能内涵丰富，修辞技巧强。下举上海龙华寺数联为例：

龙华寺天王殿内楹联一副。悬挂在前柱。文为：

修上乘行，面向未来，初入山门先参弥勒；
—|—— |||— —|——————|
诵下生经，心依内苑，待随海众三会龙华。
||—— ——|| |—||—|——

上款署“佛历二千五百三十二年岁次戊辰仲春”；下款署“赵朴初敬撰并书”“信女李长清敬献”。按：此联曾在《法音》1988年第6期发表。

玉佛殿内楹联两副。第一排柱悬挂一副，文为：

道不远人，切忌认影迷头，向外寻觅；
|||— ||||—— ||—|
心原是佛，但向回光返照，直下承当。
——|| ||——|| ||——

上款署“一九八九年八月立”；下款署“应野平题”“信女吴兴坤敬献”。

法身常住，无来无去，历万劫以长存；

｜——｜　———｜　｜｜｜｜——

妙相圆融，即色即心，遍十方而示现。

｜｜——　｜｜｜—　｜｜——｜｜

此联悬挂于第二排柱上。上款署“戊辰秋月本寺方丈明旸敬书”；下款署“信士植田通义、信女植田贵美子敬献”。

该寺大雄宝殿内外楹联更有若干新布施者，例如：

佛座前第二排四柱，居中两柱悬挂楹联一副，文为：

到此认清净法身，骋般若之青狮，乘三昧之白象；

｜｜｜—｜｜—　｜—｜———　——｜—｜｜

邻近有嶙峋忠骨，观桃花兮碧血，仰塔波兮赤乌。

—｜｜———｜　————｜｜　｜｜——｜—

上款署“佛历二千五百三十二年佛诞日奉题”；下款署“赵朴初敬撰并书”“信女于邵淑英敬献”。龙华为民国年间许多烈士牺牲之地，从佛教角度看，又是“僧到赤乌年”之处，故下联及之。

西方三圣殿内楹联三副。入殿第一排柱悬挂楹联一副，文为：

主伴庄严，接引众生，同归极乐国；

｜｜——　｜｜｜—　——｜｜｜

愿行成就，超登上品，亲觐大慈尊。

｜——｜　——｜｜　—｜｜——

上款署“丙寅四月录圆瑛法师句”；下款署“顾廷龙敬书”“信女戴珊梅敬献”。

寺院旧联举隅

此处再举一些保留下来的旧联为例。分为两种情况：

一是尽可能保留原楹联（即“文化大革命”前的老联）中脍炙人口的那些，或是近代名人之作。或人以联传，或联以人传，或兼而有之。可举杭州市净慈寺大殿外刻在石柱上的楹联为例。

净慈寺大雄宝殿外四面墙柱联共十四副。计正面墙、背面墙各八柱，各刻联四副；左右面墙各六柱，各刻联三副。抗战前，约在民国十九年（1930）开始重新翻修大殿，至二十三年（1934）基本完成。殿外方形石立柱上均新镌当时名流为此创作的新楹联，虽经“文化大革命”，幸而留存。笔者以为，这批楹联是现在杭州诸寺院所存楹联中最可宝贵者。其中，章太炎、于右任等人的手泽上石，尤为宝贵。虚谷、太虚等佛教大师的亲笔撰写的联语，现在大陆寺院中原样保存的也不多了。下仅举四联为例：

正面墙左右各第二柱篆书联：

> 植西土正因，相期震旦有情，我爱休耽犁尼好；
> ｜—｜｜—　——｜｜｜—　｜｜————｜
> 揽南屏全胜，应令晋家高士，清游更度虎溪来。
> ｜———｜　—｜｜——｜　——｜｜｜——

上款署“民国二十年一月吉日”；下款署“浙西有漏人章炳麟敬书”。

左右各第三柱联：

> 一偈遍梵天，看东土普现光明，照彻净慧因缘，庄严
> ｜｜｜｜—　——｜｜｜——　｜｜｜｜——　——

色相；

｜｜

百年有桑海，与西湖长留香火，记取灵山塔影，上界

｜—｜—｜　｜——————｜　｜｜——｜｜　｜｜

钟声。

——

上款署“民国二十三年一月”；下款署“于右任”。

左右各第四柱联：

雷峰塔红卧门前，南屏钟翠沉烟外，看琉璃照澈，璎

——｜—｜——　———｜——｜　———｜｜　—

珞辉煌，又道济归来，只手换祇园小劫；

｜——　｜｜｜——　—｜｜——｜｜

钱塘江声消帆背，西子湖风入松巅，隔梵呗氤氲，旃

———————｜　—｜——｜——　｜｜｜——　—

檀馥郁，望表忠无恙，大轮演武庙雄图。

—｜｜　｜｜——｜　｜—｜｜｜——

上款署“民国二十三年八月之吉”；下款署的是“沈轶刘拜

撰”“虚谷敬书”。

背面墙第三副联是：

六桥烟水，三竺香云，正觉南屏钟破晓；

丨——丨　—丨——　丨丨———丨丨

双树戢辉，五天潜响，却欣东土佛长春。

—丨丨—　丨——丨　丨——丨丨——

上款署“净慈寺重建佛殿落成”；下款署“甲戌春南屏老僧太虚撰书”。

二是在原联毁弃，暂时无法恢复的情况下，使用某种临时的代替办法作为过渡。现举杭州上天竺法喜寺法堂内绣幡联为例：

法喜寺原有中殿、后殿等建筑多处，全寺规模巨大。后来各殿堂多为工厂占用。1985年，法喜寺重新划归佛教协会管理，逐步恢复。当初，在工厂正在搬迁，前殿即圆通宝殿正在施工，中殿、后殿准备重建之时，僧众作功课、作法事，一般在西院供奉西方三圣的法堂中进行。法堂中三圣像两旁金柱上各悬丝绣佛幡一条，幡上各绣有题名“法喜寺古名联”（占一行）的联语一副。上下联同在一幅幡上。采用“立刀”式写法，各占两行。共五行。

圣像正面左侧联语为：

石晋现相，吴越开基，历今九百馀年，依然见岭护慈云，

｜｜｜｜　—｜——　｜—｜｜——　——｜｜｜——

问莲座扬辉，何如南海；

｜—｜——　———｜

灵竺在中，法镜居下，每值春秋佳日，都来乞瓶倾甘露，

—｜｜—　｜｜—｜　｜｜———｜　——｜———｜

愿杨枝遍洒，长说西湖。

｜——｜｜　—｜——

右侧为：

山名天竺，西方即在眼前，百千里接踵朝山，海内更

———｜　——｜｜｜—　｜—｜｜｜——　｜｜｜

无香火比；

——｜｜

佛号观音，南摩时闻耳畔，亿万众同声念佛，世间毕

｜｜——　————｜｜　｜｜｜——｜｜　｜—｜

竟善人多。

｜｜——

我们以为，在因施工困难或财力不足时，暂时采用这种形式代替雕刻抱柱长联，是一项好办法。如果将来楹联多了，将其中一部分换下来的联语改制成这种形式，可以比较自由地迁移挪动，甚至可以单独辟专室，连同纸质、绢质的对联一起张挂，那就忒好了。

相对来说，现在划归文物部门管辖的寺院，对楹联不如中国佛教协会所属的僧人寺院那样重视。一般地说，像北方如北京的某些大寺院中，原有康熙、乾隆（间或有雍正的）御笔题联不少，大体上和他们所题的匾额一起翻新了。可是，原寺被捣毁得差不多的，恢复时基本上等于重建的，如北京红螺寺，山门上就由当代人马马虎虎来上一副，不怎么推敲，很容易出笑话的：

以红螺净土聚八面来风；

｜——｜｜｜｜｜——

启旅游大门迎四海嘉宾。

｜｜—｜——｜｜——

且不论两句中的平仄不调与意思不妥之处，光说句尾，两个平声字怎能同时用在联脚呢！经过提意见，此“联”撤去。全寺改用从弘一法师的集联中选用的联语，连书法也袭用了。倒是聪明办法。

习作

为防有的读者又会问：“你讲了这么半天，自己练过吗？”以此，不嫌多占篇幅，将近年一些拙作展出，供彻底批判。

为无锡祥符禅寺牌坊作联（两副）：

仁山智水，名寺重新，十方共仰，抬头有无量自在；

——｜｜　—｜——　｜—｜｜　——｜—｜｜｜

慧日祥云，佛光普照，万善同登，进步入不二法门。

｜｜——　｜—｜｜　｜｜——　｜｜｜｜｜｜—

慈云永护，对山色湖光，握智珠心印，悬知自性真清净；

——｜｜　｜—｜——　｜｜——｜　——｜｜——｜

梵宇宏开，入香林宝界，悟妙果灵因，了彻诸法无去来。

｜｜——　｜——｜｜　｜｜｜——　｜｜—｜—｜—

（2001年2月25日）

为丘嘉伦作纪念妙善法师联：

了身如虚空，微妙难思议；

丨———— —丨——丨

离暗趣明正，众善得奉行。

—丨丨—丨 丨丨丨丨—

（2003 年 1 月 27 日）

宁波七塔寺可祥方丈升座志喜：

二谛圆融，四禅慧净；

丨丨—— 丨—丨丨

三门可驻，七塔祥呈。

——丨丨 丨丨——

月西上人圆寂十周年纪念：

七塔留香火；

丨丨——丨

三生证净因。

——丨丨—

（2003 年 4 月 15 日）

为丘嘉伦与无锡祥符禅寺作宁波七塔寺月西上人十周年纪念联（各一副）：

七佛塔内真佛子；

丨丨丨丨一丨丨

三生石上旧精魂。

一一丨丨丨一一

于诸梵行悉坚持，三心尽转；

一一丨一丨一一　一一丨丨

愿证法身成正觉，七塔重来。

丨丨丨一一丨丨　丨丨一一

（2003年1月30日）

为丘嘉伦作普陀山戒忍法师升全山方丈贺联：

戒蕴慈航，法资龙象；

丨丨一一　丨一一丨

忍坚精进，人证菩提。

丨一一丨　一丨一一

（2002年12月1日）

为丘嘉伦作无锡祥符禅寺牌坊“五智门”楹联（两副）：

三万六千顷淼淼烟波，渔歌伴梵宫呗唱，大乘西来，

—｜｜—｜｜｜——　——｜｜—｜｜　｜———

太湖映佛光普照；

｜—｜｜—｜｜

四百八十院苍苍蓊葡，谷响赓精舍钟声，宗风南衍，

｜｜｜｜｜———｜　｜｜——｜——　———｜

灵山建临济名蓝。

——｜—｜——

入五智门，仰宝像金容，莲座祥云拥护，应身璀璨天中，

｜｜｜—　｜｜｜——　—｜——｜｜　｜—｜｜——

观想如来八相；

—｜——｜｜

传四照用，破尘缘世网，灵山花雨缤纷，覆面弥纶法界，

—｜｜｜　｜——｜｜　———｜——　｜｜——｜｜

敷宣临济三玄。

———｜——

（2002 年 12 月 2 日）

为丘嘉伦取弘一法师集晋译《华严》偈颂集句拼成三联：

断除烦恼，舍离贪欲嗔恚痴，自性真清净；

| — — |　| — — | — | —　| | — — |

具足菩提，示现生老病死患，诸法无去来。

| | — —　| | — | | | |　— | — | —

究竟得到头陀彼岸，永获大安，无上胜妙地；

| | | | — — | |　| | | —　— | | | |

具足成就智慧藏身，令出爱狱，离垢清凉园。

| | — | | | — —　| | | |　— |　— —

安住平等相，犹如满月显高山，有无量自在；

— | — | |　— — | | | — —　| — | | |

广发大悲心，开示众生见正道，入不二法门。

| | | — —　— | | — | | |　| | | | —

（2002年12月9日）

为丘嘉伦代宁波七塔寺新修三圣殿作内柱联两副：

拜我三圣金身，众生有莫大因缘于极乐世界；

| | — | — —　| — | | | — — — | | | |

瞻兹七塔宝寺，常住在不可思议之上乘禅林。

——｜｜｜｜　—｜｜｜｜—｜—｜———

寿无量，光无量，相好庄严无量，西方作佛；

｜—｜　——｜　｜｜———｜　——｜｜

悲众生，度众生，圆成利益众生，东土垂慈。

—｜—　｜｜—　——｜｜｜—　—｜——

（2003年7月5日）

为丘嘉伦作无锡祥符禅寺四副牌坊联（2003年12月25日）。

进门，即牌坊正面面对大门的两副：

道场宏开，此地即为净土；

｜｜——　｜｜｜—｜｜

慈云广被，前途便入空门。（第一副）

——｜｜　——｜｜——

弹指作声，有缘人何处来此？

—｜｜—　｜———｜—｜

开花见佛，清信士这里入门！（第二副）

——｜｜　—｜｜｜｜｜—

出门，即信士面向大门而为牌坊反面的两副：

归路仰观，四围黛色环金界；

—｜｜—　｜—｜｜——｜

出门遥望，万顷湖光映翠微。（第一副）

｜——｜　｜｜——｜｜—

且留步回头，望山中千秋禅寺；

｜—｜——　｜—————｜

要收心洗耳，听世外一杵清钟。（第二副）

｜——｜｜　—｜｜｜｜——

应丘嘉伦电话中之约，2004年5月12日（星期三）作四副联语：

秋怀月落钟声远；

——｜｜——｜

爽气枫红塔势雄。

｜｜——｜｜—

此为寒山寺秋爽大和尚方丈室作，要求嵌“秋爽”二字。

彰天声，震撼大千世界；

——— ｜｜｜—｜｜

警俗虑，呼唤无量痴迷。

｜｜｜ —｜—｜——

此为寒山寺新铸造大钟作。

天龙听法，住世五十年，慈云遥荫，甘露香风，寒山

———｜ ｜｜｜｜— ———｜ —｜—— ——

再现庄严鹫岭；

｜｜——｜｜

帝释闻经，归心卅二相，慧日高悬，星楼月殿，东土

｜｜—— ——｜｜｜ ｜｜—— ——｜｜ —｜

新辟龙象祇园。

—｜—｜——

茫茫彼岸，宝筏渡迷津，姑苏净地永资福惠开莲界；

——｜｜ ｜｜｜—— ——｜｜｜—｜｜——｜

渺渺淳尘，洪钟鸣子夜，海宇澄波遐庆升平泊客船。

｜｜—— ———｜｜ ｜｜———｜——｜｜—

此为寒山寺大雄宝殿作抱柱楹联两副。

楹联的作者与书写者

楹联的作者极可能并不擅于书法，如下走即是。作出来，如果有人想挂，那就得请书法家挥毫。一般说来，按老派的规矩，书写者应是撰稿人的平辈或晚辈，没有请长辈为晚辈抄录之理。有时，年长者不在乎，也为晚生后辈写了，那可是赏脸。起码应该有道歉并道谢的举动才是。例如，前面举出的下走为一位百岁高龄的老夫人庆寿所写的联语，有人取去请老前辈冯其庸先生书写。这是他们的孝心，可是置我于极为难堪之地位！我得知后，只好对冯先生再三道歉吧。

也是应友人之约，2004年5月14日，为赵朴初先生“无尽意斋”移至无锡祥符禅寺而作：

我辈有情痴，瞻礼空堂怀怅惘；

｜｜｜——　—｜———｜｜

先生无尽意，默存故里爱湖山。

———｜｜　｜—｜｜｜——

有一天我看电视，放映这所纪念堂的录像，有近镜头。忽见此联正面悬挂于堂中，写有“白化文句，启功书”字样。真吓坏了！据故友沈玉成学长说，启先生比我大三辈。我哪敢起动老爷子！这是怎么回子事呢？搔首问苍天而已。

第二节 其他宗教楹联举隅

道教和中国民间诸神

中国民间祭祀的神很多，一般都算在道教名下。以下先举最具风韵的花神庙楹联为例：

> 翠翠红红，处处莺莺燕燕；
> ｜｜——　｜｜——｜｜
> 风风雨雨，年年暮暮朝朝。
> ——｜｜　——｜｜——

《楹联丛话》卷六："西湖花神庙在孤山下，跨虹桥之西，雍正九年，总督李敏达在建。中祀湖山之神，旁列十二月花神及四时催花使者，无不钗飞钿舞，尽态极妍。"下举"旧联"即此联，评语是："曼调柔情，情景恰称。"按：修辞中的叠字格，自诗词曲以下，向来称为难作。难在春容大雅，不庸俗又不显堆砌。李清照《声声慢》词，"连下十四叠字"，连结尾处的“点点滴滴”，共九组十八个字两两相叠，被称为“公孙大娘舞剑器手”，其优点正如我们上面所说的那三个“难在”。李词有上下文联系，转折处还易于处理。我们所引此联则连下十组二十叠字，而且前后一空依傍，较之任何叠字作品都难作。做到这样的水平，可谓青出于蓝矣。但是，《茅盾谈话录》（1983年6月20日上海《新民晚报》所载）中，茅盾先生批评此联的弱点说：“从文字看，可以看出作者的神思巧想，确见功夫。但是，从内容看，这副对联可以挂在杭州的西湖，也可以挂在嘉兴的南湖，甚至可以挂在苏州、无锡、扬州等地，只要是风景较好的南方庭院所在，都可以用。这正是这副对联的弱点，就是一般化，没有突出的个性。”这段话十分深刻地告诫联语作者，创作楹联，最好做到只能用于特定的个别的人或物，不可移易。

《楹联丛话》卷六又引苏州虎丘花神庙联云：

一百八记钟声，唤起万家春梦；

｜｜｜｜——　｜｜｜——｜

二十四番风信，吹香七里山塘。

｜｜｜——｜　——｜｜——

评语是：“却移作西湖之花神庙联不得。”因为钟声与七里山塘都是本地风光。

道教的通用型联语，亦举一联：

一生二，二生三，三生万物；
｜—｜　｜——　——｜｜
地法天，天法道，道法自然。
｜｜—　—｜｜　｜｜｜—

伊斯兰教联语

笔者所知的清真寺内外楹联不多，今举一例以概其馀：

认真主，凭万物作证；
｜—｜　—｜｜｜｜
参造化，惟一理在心。
—｜｜　—｜｜｜—

天主教与基督教联语

谷向阳主编的《中国对联大典》中特列“基督圣教”一目，所列楹联甚多，堪称这部书的一大特色。请读者参阅。亦举一例：

天地惟一主；

—｜—｜｜

教化无二尊。

｜｜—｜—

笔者对于道教、伊斯兰教、天主教、基督教的了解均十二分不够，不敢多说。建议读者：到道观、清真寺、教堂等处参观学习时，多多观察，闭口少说废话，以免碰上禁忌。看到其中的楹联，倒是少见的难得的学习机会，可以抄录下来，留待归后慢慢学习。

匾额

匾额，亦称横额，简称匾。可独立悬挂，也可与对联配合张挂。以其无可附着，只能在这里最后简单提上几句。

明朝人时兴把匾额和对联配合使用。例如，万历二十八年（1600）福建书肆萃庆堂余氏刻本联语汇编《大备对宗》十九卷，用单面图，匾额与对联配合式。甚至有些戏曲插图也用此式，如万历十五年（1587）金陵富春堂刻本《古今列女传》，插一图为双面连式，图上方通栏标题似匾额，左右为对联。又，万历间金陵刘龙田乔山堂刻本《西厢记》，也是上方为匾额式标题，左右对联。至于单幅年画中所见则更多。清代以下，年画中保留者较多，这是为了小户人家张贴在堂屋等处用的。

工商业的牌匾，多为本号名称。左右所配对联要与之配合。一般的匾额，以四字匾为常规，两字、三字的也常见，五至七字的就不多了。总之，匾额与对联的关系在若即若离之间。如果同时撰写，必须彼此照应，绝不能各说各的。如果匾额悬挂在前，对联补写于后，更得照顾匾额所写的内容。至于在寺观中所见，一殿匾额可能十几块，东、西、南、北遍悬于四方，与对联亦非一时所献，那就只能各说各的了。

第八章　征联与评联

许多对联爱好者关心并积极参加各种对联征联评奖活动，也关心从出题到评联的整个过程。这是好现象。多参加此类活动，对提高自己的水平肯定有好处，其要点在不断总结经验，与时俱进。多了解评联过程，便于有的放矢。

大规模征联与评联活动，大致是从1983年春节“第一届全国迎春征联”开始的。二十多年来，全国性和地方性、行业性的征联活动连续不断。组织者和应征者常常要检索资料，利用工具书与其他相关图书，他们切盼图书馆的支持。图书馆若是重视此项活动，对于吸收读者和开展工作会有好处，特别对中小型公众图书馆，如市、县、区级馆，其重要性可能更为突出。在这方面，据我们所知，各级文化馆和文化宫比图书馆积极，在年节时尤其红火。他们的强项在于本身具备这方面的素养，能联系的书画人才面广，设备多，组织经验丰富。可是他们的资料有限。中国楹联学会及其各地的分会则常常是这种活动的主持者，已经积累了相当丰富的经验，也有若干教训。必须说明，我认为，从中央到地方的各级党政工团领导对这种活动是相当重视与支持的，例如在每年的春节活动中，就经常把贴春联和征联算作一项重要活动。

中国楹联学会的主要负责干部经常操持活动，并参加了活动的全过程，最有发言权。我参与了二十世纪八十年代初至九十年代中期北京地区举办的若干活动，其中有许多中央级机构部门举办的，但是大多只担任复评评委，很少参加初评与从头至尾的整体组织工作，只能以参加者的身份谈谈个人的心得体会而已。下面具体分四项拉杂写来。

第一节　我对参加过的征联活动的回顾

回顾我参加过的那十几年的征联活动，其内容，也可说范围，大致可分四类：一是节日联，主要是春联，还有中秋联等；二是行业联，特别是与商业、报业有关的行业联，如“京华老字号有奖征联”“《足球报》征联”等；三是主题征联，如“1992年金利来杯海内外‘祖国和平统一’主题征联”等；四是风景点征联，如“剑门蜀道征联”“国门第一路征联”等。

各种征联活动的共同特点有三：一是吉庆，应景，针对性强；二是多采用评委会评定，初评、复评两级评定制；三是规模一般比较大，常为面向海内外、全国或本地区。

但是，有三种情况值得注意：

第一，应征者有逐年略见减少之势，一般群众的参与热情在下降。最早的几次全国性征联，应征者动辄几十万人，来信能装几十麻袋。而今也就是几千到几万份罢了。看来，群众也有了经验啦，知难而退的人想必相当多。从整体水平看，历届以来未见明显提高，精彩作品反而愈来愈少。

第二，中奖者常常在一个小圈子之内，脱颖而出者陆续出现，这些位又常常是中国楹联学会会员。相对固定的参与队伍形成。

第三，中国楹联学会的成立、发展与巩固，以至迄今为止的经常性活动，据我看，与征联、评联有密切关系。说此项活动是学会和各地分会的生命线，我看并不为过。

针对上述情况，从中国楹联学会的立场来看，窃以为，征联和评联活动的开展，应该也必须步入一个新阶段，要有质变式的飞跃与提高。我想需要特别注意两点：

第一点：活动应该向纵深发展，争取四季常青，百花齐放。具体的办法也想出几项，如：

一要主动出击，以中国楹联学会和北京市分会等名义不断地向各方面联系，争取一年四季活动不断。现在的情况则是常常半年闲，春节前后忙碌。

二要扩充活动内容与范围，在前述四类活动外开辟新领域。例如室内外装饰联就是一个待开垦的处女地。这类联一直到新中国成立前非常流行，新中国成立后知识分子居室和老式住宅家庭中还在不声不响地张挂。实则那是中国风室内外装饰的有机组成部分，能够明显地显示出居住者的志趣。近来建筑业兴旺，住宅、宾馆、写字楼和各种亭台馆阁寺观园林如雨后春笋般拔地而起。这正是楹联家用武之地。我建议应该大力提倡。起码比使用庸俗的美女招贴画装饰古雅得多。

三要大小型活动并举。如上述室内装饰联活动，比如给一个图书馆，或一个大饭店工作，就可以本地的中国楹联学会会员为主。这样能给出资单位节约，便于参观考察待装饰的地方，高手多而出联精，内部评定集思广益，甚至可以将初评、复评合二而一。《红楼梦》中的“大观园试才题对额”，动用的人力不多，仅用半天游园一次，就基本上完成了应对与初评，这样的作法值得我们参考。

第二点：楹联学会发展至今，已经形成气候，现在是向纵深发展的时候了。办法是，以各地的中国楹联学会分会及其会员为基础，自行开展定期或不定期的“联社”以文会友活动，这是日常练兵，是培养活动骨干的好方法。当然，这种联社活动总要有些内容。我推荐“诗钟社”的组织形式和活动方式。理由是：诗钟是一种高级的锻炼撰写对联能力的好方法。至于活动场所，可以考虑和新兴的茶馆、俱乐部以及正统的图书馆、文化馆等接洽挂钩，如果办成经常性的，还可能形成学会的另一条生命线呢！

附带说一下，诗钟和诗钟社在东南沿海地区已经重新兴旺起来，而北京似乎落后了。抓这项工作，中国楹联学会北京市分会应该当仁不让。不作诗钟，而以结社的方法比赛对联，当然更好。

第二节　征联的出题

征联，包括自行结社比赛对联，出题或限定范围的手法不外两种，一是征求半联，也就是只出上联或下联，征求另外一半。二是征求全联，只限定内容和范围，但常常附带若干条件。以下结合前十几年间所见，就其利弊略抒己见。

征求半联

征求半联的方式，再加上附带一些条件，如对于主题的要求等，明确划一，便于评委会掌握。这是它的先天性优点。但此法在实用时的优劣与成败系于所出半联，这也是毋庸争议的事实。经验教训中，似乎有三方面可以提出来讨论：

一方面，要事先考虑到，是否会造成应征半联雷同者过多的情况。这一点在集句联中表现最为突出。例如：第二届全国迎春征联中的第五联，出下联“每逢佳节倍思亲”（王维《九月九日忆山东兄弟》），征求集句上联。一等奖评定为“愿得此身长报国”（戴叔伦《塞上曲》），答案相同者数十人。此外，人名、地名、专名词等出联求对也容易犯这个毛病，如“碧野田间牛得草”，下联作“金山林里马识途”“金山村里马识途”“白杨林里马识途”和“白杨村里马识途”之类的各数十人。这就给评联和颁奖造成巨大困难。严格地说，这两道题就得算出砸了。

另一方面，不可出这种题：即，事实上，要求应答的半联，不能满足出联中内涵全部要求。也举上述那次征联中的第二联为例，出联是：

夺铜牌，夺银牌，夺金牌，冲出亚洲争宝座。

这个上联的前三个小分句各三个字，其首尾两字相同，当中三字同属一个部首，“金”字还是部首“金部”的领字，以上是从文字方面看；再从修辞角度看，这三个分句既是形式上的排比，又是内涵中由低到高的递进。据我看，能完全满足以上条件的对句，干脆说就没有，它是个绝对。而它的最后一句比较平淡，容易对出，可能造成对句雷同者较多。后来的事实证明果真如此。作为绝对来说，此上联极可能流传千古；作为征联出题来说，则是一次失败的尝试。

再一方面，出联的人在某些地方水平有问题，出的题不通。当时出于某种考虑，也就用了这种人情稿，结果是，一则被内行嘲笑，二则对的下联如果很不错——要是不成，能获奖吗——势必更加反衬出上联的丑陋，使人有“新妇配参军”之恨焉。这方面的教训，我所经历的起码有那么两三遭。与人为善，胳臂折了往袖子里藏。我也就不举例了。

可见，万事慎之于始，出联题最需慎重，应反复讨论，集思广益而后定夺。万不可匆忙、鲁莽，不作深思熟虑是不行的呀！

征求全联

一般说来，征求全联总要附带若干条件。

一是规定内容或主题。每次征联的内涵、主题最好本身有其特定性，不可与以前的雷同。例如春联，每年都应有推陈出新之处。

二是限定字数，甚至限定一联中小分句的句数。这是非常重要的一点。因为长联和短联放在一起不好评。初评时对长联也很难把握。小分句多了，或是十几个字一气呵成的长句，过犹不及，都很难评。经验表明，最好是4~20字联，半联内小分句不超过三句。再说，从实用角度看，楹联字数多了，写出来一般人家都没有地方贴。

三是文字或内涵方面的特设条件，常用的有两类。一类是嵌字，这就与诗钟和过去某些联语习用的嵌字方式有相仿之处。另一类是要使用人名、地名、药名、戏剧电影名等作对。设条件时应做到：

1.出一副示范性的样联，供投稿者参考；

2.事先周密考虑：留给投稿者能作出的馀地有多少。千万要留下足够广阔的天地。

第三节　初评

初评的重要性

征联评联中初评的重要性，早已众所周知。简短地说，就是，初评刷掉的，复评就很难看见了。只参加复评的许多评委挨骂，都是代人受过。投稿者可能不知道：从某种角度看，初评甚至是决定性的。初评上不来的，复评要是不追，就永远看不见了。

征联的组织者必须重视初评，这也是一条重要经验了。

我愿在此谈三点。

第一，初评的困难之处。

参加初评的，一般有两种人。一种是既参加初评又参加复评的评委。他们一竿子插到底，一贯制，既参加又负责组织工作。他们最辛苦，在双评中也处于最重要、最关键的地位。复评中找沧海遗珠，只能找他们，只能倚靠他们。他们是劳苦功高的功臣。另一种是只参加初评的人员。他们常常是临时召集来的，业馀干活，或是退休人员临时就业。他们一则水平不齐；二则可能来自不同的单位，乌合之众。这些人限于时间、学力、精力，还有态度——是否尽心竭力，所以初评的结果往往是不令复评的评委们满意的。

第二，向初评参与者和投稿者进言（请从两个不同方向听）。

清代吴炽昌《客窗闲话》卷八“科场”中一则，写举人考试，说一个应举的人老考不中，也就不想再入场了。他的已故的父亲托梦给他，叫他入场。并且教他入场后借抄本家一位屡试不中的老先生的一篇得意窗课。这个人照办。那位老先生的得意宿构被人录去，哑巴吃黄连，只好草草另作一篇充数。不料发榜一看，老先生中了，抄袭者名落孙山。他气得要砸祖宗牌位。当夜他父亲又托梦说：阎王派我来叫你干的。一则你命中还该入场几遭，二则那老先生是个老古板，他精心炮制的艰深枯涩的文章绝对入不了试官的眼，所以特意派你去给他抽换了，好让他今科取中。这是天意啊！同时，老先生去见座主，说愿意用那篇佳作来撤换场中临时草草一挥而就的作品。看完佳作，座主说："……此文若在场中，未必中试。盖阅卷如走马看花，气机流走者易于动目。此文非反复阅过不知其佳处，试官有此闲情乎？故无益也！"这位老先生明白过来了，遂有《读墨一隅》之选。

可见，"文章不愿高天下，但愿文章中试官！"建议中国楹联学会也可仿此，将历年来多次征联中入选和未入选的代表作品集录选评成一两本书，以为投稿南针。挚友谷向阳先生编有《中华当代获奖对联大观》（2003年国际炎黄文化出版社出版），投稿者若用心揣摩，堪为南针。评议未入选作品者，或具体建议某些作品应如何修改者，专业杂志中或有之，未见集合成书。

初评是非常紧张的，一个人一天看四五百份卷子是常事。一份卷子过手，也就一两分钟的时间。“反复阅过”的可能性不大，更无此闲情。“气机流走者易于动目”的确是经验之谈。所谓“气机流走”，我看是指一种“媚”。媚就是流动的美。绷脸的大美人儿很难动人。武则天不一定就是六宫中最为绝色的，可她是媚娘，就把两朝父子都给迷惑住了。具体到对联中，就是你在某一点或是几点上总要有些一眼就能看出的动人之处。对仗，语言艺术（特别是修辞手法），文学艺术（形象性等），总得占那么一两处吧。这就是你在冲着初评者飞眼呢。以上是从积极方面说，神而明之，可就存乎其人了。从消极方面说呢，那就必须做到：

少用典，用典必详注，不用生僻典故，这是一；

不用生僻字，不用自造的生硬词语，这是二；

少用专门性词语，除非有这方面的特殊要求，这是三；

立意要显豁，少耍双关手法，最好不耍，这是四；

政治上要立场鲜明，态度明朗，与时俱进，别发牢骚，这是五；

最后，千万把全联的每个字都注明平仄，按古四声调好平仄，这是六。

按此六项原则办事，虽不中，不远矣！

第三，考虑推行“房师制”。

参加初评人员待遇低，又作无名英雄，容易产生雇员思想。为加强他们的责任感和光荣感，建议采用明清科举考试的房师制。谁录取的，谁就签名以示推荐。如果此卷获奖，要将房师即推荐人的姓名列出。参加两评一贯制的评委，可以采用科举“五经分房”的办法，自己主管某一题或某一部分卷子。其姓名也随在获奖卷之后公布。

初评的弃取标准

应有软硬两种标准：软标准主要在内容方面者多。初评时只作参照。除明显的政治问题外，一般可凭个人认识弃取。硬标准则是初评必须严格执行的，应保证其中的问题不可留给复评。

硬标准又可分两类：一类是有共性的，通用于每次评联中的；另一类是特殊的，即每次评联自己规定的，如字数、嵌字法、对内容的要求等。

以下着重谈共性标准，有三：

1.对仗

对联不对仗，绝对不行。进一步要求，则是：

从对偶修辞格来要求，看宽严，即对仗达到的程度；看技巧，即使用借对等修辞手法的能力等。

从语法方面来要求，看词性、句式等属对的宽严；看词类活用等特殊语法形式的运用能力。

2.平仄

古今四声不能混用。建议用古四声，因为一则是历史上形成的标准，一则可确切了解投稿者懂不懂什么是对联，会不会写对联。它是一把尺子。

所谓古四声，因为和科举考试的弃取有密切关系，所以到了清朝已经官方明确规定，以《佩文诗韵》中所定为准。此后并没有新的发展，也没有哪一时代的政府作出新规定。因此，我们还是以此为准。当代楹联界主张用新四声的呼声甚嚣尘上。这不但牵涉四声问题，也牵涉用韵，和诗词曲剧各界均有密切关系。我认为应在适当时机，由政府有关部门出面，召开国际性专业会议，集思广益，共商大计。最后由国家以法令文件形式颁布，这样，国内外均可遵照执行。这是个国际性问题，万不可等闲视之，各行其是。现在我们评联，还得以古四声为准才是。

具体到初评时，可用“砍三斧子”的办法，即：

头一斧子，往联脚上看，全平全仄者格杀勿论。例：

以红螺净土聚八面来风；

丨——丨丨丨丨丨——

启旅游大门迎四海嘉宾。（怀柔红螺寺山门对联）

丨丨—丨——丨丨——

山山海海山海关雄关镇山海；

——丨丨—丨———丨—丨

日日月月日月潭秀水映日月。（《对联》1987年第1期《作家巧对山海关》）

丨丨丨丨丨丨—丨丨丨丨丨

第二斧子，往小分句句脚上看，砍法是：相对的两个小分句全平全仄者格杀勿论；一联中各分句句脚加联脚均平或均仄者要慎重考虑，基本上打入冷宫。分句越少（如只两句）就越应严格。

第三斧子，查全联平仄对仗。如全联中平对平、仄对仄之处超过一半以上，基本上打入冷宫。入选者，必须用“一三五不论，二四六分明”这一习惯性标尺严格要求，但须注意是否已经“拗救”。例如给“夺金牌”上联作对的一条下联：

斗体力，斗智力，斗耐力，走向世界逞神威。

前十四个字全部是仄声，只最后两字平声，还获得一等奖，如何向内行交代！

3.历史上形成的禁忌

这些忌讳中，语言、内容两大方面的都有。更可分为对联本身的和诗词与对联共同的两类。下面拣最要紧的各提一项：

对联本身的最大禁忌，就是“合掌”不行，全联合掌绝对不行。合掌，就是上下联中以同义词、近义词作对仗的现象。它像人的左右两手掌相合，故以此名之。它造成意义上的重复，乃是对联创作之大忌。如，以“天下第一”对“世间无双”便是。

一些在诗词和对联中都应避免的习俗与传统性的忌讳，如“男女不对”（婚联中却是必对），也应执行。有人认为那是封建性糟粕，理应批判。我也赞成。可是男女姓名在对联中相对，特别是当代人相对，如果不是夫妻，有时就会招致闲话。对联的海洋极为广阔，何必非得找暗礁多的地方行船呢！

还有一些汉语和习俗中应该注意的忌讳之处。这些都有待随时注意学习，学会了就可运用于初评之中。但是，这不是一日之功。在这方面，对初评不能要求过高。这方面的拣选评论可以交复评去作。初评中能提出自己的看法和处理意见，那就最好不过了。提得好的，应予重奖。

第四节　复评

复评一般由评委会负责进行。常见的组成人员可分以下几类：党政工团领导；出资单位代表；地位很高的学者顾问（如二十世纪八十年代早期全国性征联评委会中的王力、周祖谟等老先生）；这些老先生一般都是在发奖时才出席的，不大过问赛事。

楹联学会人员，特别是其中从起始的组织、初评一直跟到复评的人员，可称主力。还有他们请来的“权威”。从二十世纪八十年代的北京地区看，刘叶秋和吴小如两位中国楹联学会顾问最起作用。近年来，老成凋谢，在下也退出了历史舞台，就不知道现在请的“权威”是哪些位了。实际上，只参加复评的评委，比起一竿子插到底的组织者型评委来，花费的精力和时间要少得多，却很风光。我很替组织者和下了大力气的人鸣不平。可是，由于“权威”没有参加初评，他们所见的只有拿上来的那么几百副，可挑选的回旋馀地不大，给他们的时间也有限，所以遗珠难免。公布后抗议信是少不了的，首当其冲的，可就是“权威”啦！

那么，复评的主要任务是什么呢？从积极面说，当然是要评选出一、二、三等奖来。复评后还要在电视台或电台等媒体面对公众，作公开讲评。这差使往往由“权威”来干。从消极面说，则是把好关，不能出问题，特别是政治上不能出问题。

复评的一项重要任务，就是政治上把关。例如：第二次全国迎春征联中第四联应征下联：

梅柳迎春，万里东风绽桃李；

—|——　||——|—|

星辰拱极，千年大业莫参商。

——||　——|||——

有的老先生政治上不敏感，认为用天文学名词属对，立意宏伟而思想内容可取。实则细加研究，如果获奖并公布，敏感的外国人可能推论出我们的党中央似乎分成两派，正在斗争。要知道，作对联虽然是个人的事，可是公布出去就是社会问题了！在政治上是不能代他负责的呀！于此可见，政治上把关是一件细致的工作，需要心思缜密，认真对待。宁可委屈了作者，也不能造成不好的政治影响。

复评的另一项重要任务，是艺术上评定，这是决定获奖名次的问题。这方面当然不可屈了真才。要眼光敏锐，选拔得当。具体地说，两种艺术要兼顾：语言艺术应居首位，因为对联首先属于语言文字范畴；文学艺术方面可以放在最后决定前几名时重点考虑。下举一例：

茅舍换高楼，阳台花卉知春早；

—｜｜——　———｜——｜

新街临古道，市集车船载笑多。

———｜｜　｜｜——｜｜—

这是我参加评出的1989年春节全国农村春联竞赛一等奖之一。据我看，此联的优点是：一、对仗较工；二、使用修辞手法新颖，“载笑”于车船，摹状借代，十分生动；三、“阳台”作为明确的新词语出现在对联中（从上下文看，不会与古代词语“阳台”混淆）；四、作者具有中国古代文学修养，“知春早”由“春江水暖鸭先知”蜕化而出，“临古道”由“远芳侵古道”蜕化而出；五、作者确实有当代农村生活体验，所写农村春节新貌颇为生动典型。

最后要说一下，有意无意地在词语方面寓意双关以致触犯忌讳之处，必须切实警惕。以下举一些在这方面出现问题的例子：

嘉业用光安平康乐；

这是送给一位暴发户“大款”的春联中的上联。此联可能是有意为之。“嘉”与“家”同音。这是骂人呢，说“大款”把家业使用到精光，才能安平康乐呢！

再有一副寿联，是为一位诗文书画兼擅的老先生贺八十大寿，上联是：

三绝人推老郑虔；

可能是无心之过，作者不知忌讳所致。庆寿安能用“绝”字，还要“三绝”！老先生还禁得住人们“推”吗！郑虔在安史之乱时投降安禄山，乱后被放逐，那汉奸人格，那凄惨晚年，焉能拿来同当代老先生作比。还有谐音“老挣钱”！实在多有不妥。

简短的结束语

在向尊敬的读者请假以前，笔者愿意就以下两点作一番陈述。

一点是，读者可能注意到，本书中很少提到长联。什么是长联，没有个固定的说法。《中国对联大辞典》内有“长联”条目，列举多种意见：

> 近年对长联划分的主要意见是：陆伟廉的“两个短句”说；孙天赦的“含三个以上分句”说；余德泉的“四十字”说；周渊龙的“七十字”说；常江的“九十字”说。长联的上限无定。

笔者学力、功力均十分有限，从来没有撰写过长过三十个字、上下联各超过三个分句的联语。以此，自觉没有资格向读者介绍长联和长联的撰写法。我们姑且不去研究究竟达到多少字和几个分句才算是长联，就笔者的撰写教训说，我认为，初学者最好不要一上来就忙着学写二三十个字以上、多于三个分句的联语。先把“短联”练好了再说。清代欧阳兆熊《水窗春呓》有云：“楹联至百馀字，即多累赘，极难出色。”这是老内行说的话，希望初学者记取。

撰写长联如“十年作赋”，才学识等方面全得到家。长联，如某些联家所说，要写出气势，贵在豪放，要显得丰满。从头到尾，应如大江之水，一泻千里。这都非一日之功，初学最好别贸然下笔。

那么，短联就容易作吗？也不尽然。要在几个字之内包罗概括所要陈述的一切，还要显露出很强的艺术性，可不是件轻易的事。但是短联究竟短，好比画小幅山水，画得好就有咫尺间见千里之气势，画不好也能藏拙。说句笑话：糟践的纸也不多，用的时间也不多。

那么，写好短联是写长联的准备与基础吗？这得辩证地看。短联如小楷，如绝句；长联如擘窠大字，如汉赋。劲头不一样。能写好短联的，不见得会写或说能写好长联。可是，写联总是得从短到长地写啊！您的短联写得好，对撰写长联总会有帮助的。

再一点是，学习写对联，靠长期的多方面的学术、人生体验等积累。古代许多优秀联家，如纪昀、林则徐，在学术、政治等方面都有多方涉猎与长久的体验。专门以联名家的倒未必是大家。奉劝学习写对联的读者：不必急于天天练习写，应该在文学、艺术、语言学等相关学术方面痛下功夫。水涨船高，天长日久了，自然能够提高。

那么，对于有关对联本身的学问，就可以不讲求了吗？也不是。曾见一些学习语言学、文学等方面颇有成就的专家，并不太会撰写对联。撰写对联，也得多学常练才是。

以上就是笔者贡献给读者的老生常谈。现在，笔者已经无话可说了，自然得向读者请假啦。

后　记

笔者业馀学习写对联，粗粗一算，从知道什么是对联起，大概得有六十多年了。笔者的祖父会写大字，常写匾额与对联、条幅。他也会自己撰写联语。家中常备的工具书，小型的如《声律启蒙》《笠翁对韵》《诗学含英》，大型的如《佩文韵府》，先祖父有时也教导我学习初步使用。旧社会的应酬多，各种对联的利用率相当高。耳濡目染，我那时虽没吃过猪肉，可常见猪跑，也就慢慢地知道了一些对联的写法及其避忌等常识。先祖父逝世，我家迁居北京后，在我读高中阶段，我算是惟一半成年男丁，亲故婚丧嫁娶时，也得当代表，小作应酬。拿着“对联作法”之类书籍，照猫画虎，临时抱佛脚，也能凑合着转上两句。新中国成立后，这点三脚猫四门斗的功夫早已撂下了，不进则退，基本上练不下来了。

不料，欣逢盛世。二十世纪八十年代初，中央电视台开办“新春征联”活动，连续三年。我以北京中华书局《文史知识》编委的身份，得以参与其事。从此近二十年，年年都有种类不同的征联活动，凡是在北京举办的，差不多都有我掺和进去的印迹。我在这样的实践中，自觉能力大长。慢慢地也能练上几套花拳绣腿。现在呈献给读者的，就是其中的一套“猴拳”加“醉拳”。

此书原名《学习写对联》，1998年上海辞书出版社出版，久已售罄。这次做了相当改订，略微改动了一些提法，抽换增补了一些例子。总的来说，改动在百分之三十五以上。想到原来的写法就不太严谨，带有漫谈性质，经这次改动后，闲谈的性质就更明显，索性把书名改为《闲谈写对联》。

书名《闲谈写对联》，闲谈的就是自己在如何学习写对联。它不太系统，十分浅薄，定有各种各样的错误。但敢于向读者保证的是：它主要是笔者的个人学习心得。它是一本经过初步整理的学习笔记。希望读者不吝指正，以便在将来进一步提高。

我的爱人李鼎霞是我的大学同班同学，二十世纪五十年代中同毕业于北大中文系，也是个对联爱好者。她参与了这本小书写作的全过程。书中还采用了她撰写的几副对联。说她是此书作者之一，并不为过。可是她坚决不肯署名，也就且自由她吧。

此书初版时，吴小如老师和程毅中学长均惠赐书评，我也愿借此篇幅，表达自己深深的感谢！

白化文

2006年5月31日，星期三。紫霄园

国家新闻出版广电总局
首届向全国推荐中华优秀传统文化普及图书

‖大家小书书目

经典常谈	朱自清　著
语言与文化	罗常培　著
习坎庸言校正	罗　庸　著　杜志勇　校注
鸭池十讲（增订本）	罗　庸　著　杜志勇　编订
古代汉语常识	王　力　著
国学概论新编	谭正璧　编著
文言尺牍入门	谭正璧　著
日用交谊尺牍	谭正璧　著
敦煌学概论	姜亮夫　著
训诂简论	陆宗达　著
金石丛话	施蛰存　著
常识	周有光　著　叶　芳　编
文言津逮	张中行　著
中国字典史略	刘叶秋　著

古典目录学浅说　来新夏　著
闲谈写对联　白化文　著
怎样使用标点符号（增订本）　苏培成　著

诗境浅说　俞陛云　著
唐五代词境浅说　俞陛云　著
北宋词境浅说　俞陛云　著
南宋词境浅说　俞陛云　著
人间词话新注　王国维　著　滕咸惠　校注
苏辛词说　顾　随　著　陈　均　校
诗论　朱光潜　著
唐诗杂论　闻一多　著
诗词格律概要　王　力　著
唐宋词欣赏　夏承焘　著
槐屋古诗说　俞平伯　著
词学十讲　龙榆生　著
词曲概论　龙榆生　著
中国古典诗歌讲稿　浦江清　著
浦汉明　彭书麟　整理

唐人绝句启蒙	李霁野　著
唐宋词启蒙	李霁野　著
古典文学略述	王季思　著　王兆凯　编
古典戏曲略说	王季思　著　王兆凯　编
唐宋词概说	吴世昌　著
宋词赏析	沈祖棻　著
道教徒的诗人李白及其痛苦	李长之　著
闲坐说诗经	金性尧　著
陶渊明批评	萧望卿　著
舒芜说诗	舒　芜　著
名篇词例选说	叶嘉莹　著
唐诗纵横谈	周勋初　著
楚辞讲座	汤炳正　著 汤序波　汤文瑞　整理
好诗不厌百回读	袁行霈　著
山水有清音 ——古代山水田园诗鉴要	葛晓音　著

门外文谈	鲁　迅　著
我的杂学	周作人　著　张丽华　编
论雅俗共赏	朱自清　著
文学概论讲义	老　舍　著
中国文学史导论	罗　庸　著　杜志勇　辑校
给少男少女	李霁野　著
鲁迅批判	李长之　著
英美现代诗谈	王佐良　著　董伯韬　编
三国谈心录	金性尧　著
夜阑话韩柳	金性尧　著
英语学习	李赋宁　著
漫谈西方文学	李赋宁　著
历代笔记概述	刘叶秋　著
笔祸史谈丛	黄　裳　著
古典诗文述略	吴小如　著
有琴一张	资中筠　著
鲁迅作品细读	钱理群　著
唐宋八大家 ——古代散文的典范	葛晓音　选译

红楼梦考证	胡　适　著
《水浒传》与中国社会	萨孟武　著
《西游记》与中国古代政治	萨孟武　著
《红楼梦》与中国旧家庭	萨孟武　著
《金瓶梅》人物	孟　超　著　张光宇　绘
水泊梁山英雄谱	孟　超　著　张光宇　绘
《红楼梦》探源	吴世昌　著
《西游记》漫话	林　庚　著
细说红楼	周绍良　著
红楼小讲	周汝昌　著　周伦玲　整理
曹雪芹的故事	周汝昌　著　周伦玲　整理
古典小说漫稿	吴小如　著
三生石上旧精魂 ——中国古代小说与宗教	白化文　著
《金瓶梅》十二讲	宁宗一　著
古体小说论要	程毅中　著
近体小说论要	程毅中　著
文学的阅读	洪子诚　著
中国戏曲	么书仪　著

中国史学入门	顾颉刚　著　何启君　整理
秦汉的方士与儒生	顾颉刚　著
三国史话	吕思勉　著
史学要论	李大钊　著
中国近代史	蒋廷黻　著
民族与古代中国史	傅斯年　著
五谷史话	万国鼎　著　徐定懿　编
民族文话	郑振铎　著
史料与史学	翦伯赞　著
唐代社会概略	黄现璠　著
清史简述	郑天挺　著
两汉社会生活概述	谢国桢　著
中国文化与中国的兵	雷海宗　著
两宋史纲	张荫麟　著
明史简述	吴　晗　著
北宋政治改革家王安石	邓广铭　著
从紫禁城到故宫 ——营建、艺术、史事	单士元　著
史学遗产六讲	白寿彝　著

司马迁之人格与风格	李长之　著
司马迁	季镇淮　著
唐王朝的崛起与兴盛	汪　篯　著
二千年间	胡　绳　著
论三国人物	方诗铭　著
考古发现与中西文化交流	宿　白　著
中国古代国家的历史特征	张传玺　著
艺术、神话与祭祀	张光直　著 刘　静　乌鲁木加甫　译
中国古代衣食住行	许嘉璐　著
中国古代史学十讲	瞿林东　著
黄宾虹论画	黄宾虹　著
中国绘画史	陈师曾　著
和青年朋友谈书法	沈尹默　著
中国画法研究	吕凤子　著
桥梁史话	茅以升　著
中国戏剧史讲座	周贻白　著
俞平伯说昆曲	俞平伯　著　陈　均　编

新建筑与流派　童　寯　著

论园　童　寯　著

拙匠随笔　梁思成　著　林　洙　编

中国建筑艺术　梁思成　著　林　洙　编

沈从文讲文物　沈从文　著　王　风　编

中国画的艺术　徐悲鸿　著　马小起　编

中国绘画史纲　傅抱石　著

中国舞蹈史话　常任侠　著

海上丝路与文化交流　常任侠　著

世界美术名作二十讲　傅　雷　著

中国画论体系及其批评　李长之　著

金石书画漫谈　启　功　著　赵仁珪　编

吞山怀谷

——中国山水园林的艺术　汪菊渊　著

中国古代音乐与舞蹈　阴法鲁　著　刘玉才　编

梓翁说园　陈从周　著

旧戏新谈　黄　裳　著

民间年画十五讲　王树村　著　姜彦文　编

民间美术与民俗　王树村　著　姜彦文　编

长城史话	罗哲文　著
中国古园林概说	罗哲文　著
现代建筑奠基人	罗小未　著
世界桥梁趣谈	唐寰澄　著
如何欣赏一座桥	唐寰澄　著
桥梁的故事	唐寰澄　著
园林的意境	周维权　著
万方安和 ——皇家园林的故事	周维权　著
现代建筑的故事	吴焕加　著
中国古代建筑概说	傅熹年　著
国学救亡讲演录	章太炎　著　蒙　木　编
简易哲学纲要	蔡元培　著
大学教育	蔡元培　著 北大元培学院　编
老子、孔子、墨子及其学派	梁启超　著
中国政治思想史	吕思勉　著
天道与人文	竺可桢　著　施爱东　编

春秋战国思想史话	嵇文甫　著	
晚明思想史论	嵇文甫　著	
新人生论	冯友兰　著	
中国哲学与未来世界哲学	冯友兰　著	
谈美书简	朱光潜　著	
中国古代心理学思想	潘　菽　著	
民俗与迷信	江绍原　著	陈泳超　整理
佛教基本知识	周叔迦　著	
儒学述要	罗　庸　著	杜志勇　整理
希腊漫话	罗念生　著	
佛教常识答问	赵朴初　著	
大一统与儒家思想	杨向奎　著	
孔子的故事	李长之　著	
西洋哲学史	李长之　著	
乡土中国	费孝通　著	
社会调查自白	费孝通　著	
经学常谈	屈守元　著	
墨子与墨家	任继愈　著	
汉化佛教与佛寺	白化文　著	
中西之交	陈乐民　著	

出版说明

“大家小书”多是一代大家的经典著作，在还属于手抄的著述年代里，每个字都是经过作者精琢细磨之后所拣选的。为尊重作者写作习惯和遣词风格、尊重语言文字自身发展流变的规律，为读者提供一个可靠的版本，“大家小书”对于已经经典化的作品不进行现代汉语的规范化处理。

提请读者特别注意。

北京出版社